# 吾学吾思

## 三十年（1919—1949）名家散文学习札记

李福钟 陆 鑫 张秀翔 李大萍 著

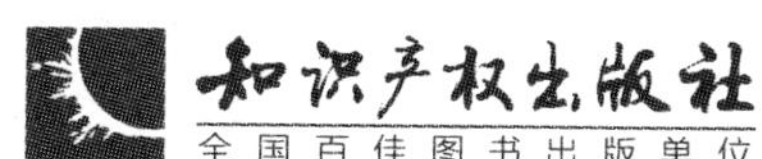

**图书在版编目（CIP）数据**

吾学吾思：三十年（1919—1949）名家散文学习札记/李福钟等著．—北京：知识产权出版社，2017.10

ISBN 978-7-5130-5100-2

Ⅰ.①吾… Ⅱ.①李… Ⅲ.①中国文学—现代文学—作品综合集 Ⅳ.①I216.2

中国版本图书馆 CIP 数据核字（2017）第 216840 号

**内容提要**

本书系作者对五四运动至新中国成立（即我国新民主主义革命时期）30 年间的名家散文进行研读后所写的学习札记。所选名家散文具有鲜明的时代特征，反映了当时社会的政治、经济、人民生活等诸多方面。学习札记联系当前实际，以史为鉴，立场明确，说理充分，谈出了自己的学习心得体会，认识见解，做到了活学活用，学以致用。

**责任编辑**：王颖超　　**责任校对**：王　岩

**文字编辑**：褚宏霞　　**责任出版**：刘译文

**吾学吾思：**三十年（1919—1949）名家散文学习札记

李福钟　等著

出版发行：知识产权出版社有限责任公司　　网　址：http://www.ipph.cn

社　址：北京市海淀区气象路 50 号院　　邮　编：100081

责编电话：010-82000860 转 8655　　责编邮箱：wangyingchao@cnipr.com

发行电话：010-82000860 转 8101/8102　　发行传真：010-82000893/82005070/82000270

印　刷：北京嘉恒彩色印刷有限责任公司　　经　销：各大网上书店、新华书店及相关专业书店

开　本：787mm×1092mm　1/16　　印　张：14

版　次：2017 年 10 月第 1 版　　印　次：2017 年 10 月第 1 次印刷

字　数：168 千字　　定　价：45.00 元

ISBN 978-7-5130-5100-2

# 前　言

本书取名《吾学吾思：三十年（1919—1949）名家散文学习札记》。顾名思义，读者一眼就能看出它写的大概是什么内容了。

1919～1949 年，别看只有短短的三十年，却发生了国际国内许多特别重大的事件。在国际上，第一次世界大战刚刚结束，1939 年又爆发了第二次世界大战；苏联十月社会主义革命取得成功，由无产阶级专政取代了封建的沙俄皇朝，在世界上产生了巨大的影响。在国内，中国爆发了“五四”爱国运动和新文化运动；创建了中国共产党；开展了全国规模的抗日战争和人民解放战争，最终取得了抗日战争的胜利，新中国诞生。人们将这个时期统称为新民主主义革命时期。

在这个革命浪潮汹涌澎湃、风云变幻、惊心动魄的时代，许许多多的热血青年，经历了历史的洗礼，大浪淘沙，涌现出了无数的革命先锋和英勇战士。从文化战线来说，主要是五四运动和中国共产党的建立，推动了新文化运动沿着共产党领导的正确方向前进，它的主要特征是用白话文代替了文言文，用科学和民主代替了封建

专制，用新文学代替了旧文学，用新思想代替了旧思想，壮士投枪，文人握管，摧枯拉朽，口诛笔伐，鞭笞了黑暗，呼唤了光明，引导全国人民在新的道路上奋勇前进；它为共产党领导的社会主义革命筑桥铺路，成为缔造新中国的开路先锋，它在我国的近代史和政治史上占有一个划时代的重要地位。

从1919年到现在，近一百年过去了，新时代科学技术日新月异，千变万化，今天人们的生活与那时人们的生活已不可同日而语，思想也迥然相异，抚今追昔，我们现代人的思想脉络和生活轨迹和那个时代有了什么变化呢？值得探索和深思呀！怀念过去，就是珍视现在，历史是不能被遗忘的。

温故才能知新，深入才能探微。我们正是本着这种求知的欲望来阅读这些著作的。我们边读边写学习札记，记下自己的心得、体会、认识、感悟，联系实际，联系当前，以古察今，古为今用，提高学习的效果，并与读者交流。作者正是在这个思考的基础上编写出了这本《吾学吾思》。全书共选出65位作家的100篇文章，并写出学习札记。主要有以下特点：

一是作品内容。本书收集的主要是散文，也包括杂文、小品、寓言、述评等，一般文字不长，重在言之有物、言之有理、有真知灼见者。写作或出版时间限在1919～1949年，但也有个别文章例外。如胡适的《文学改良刍议》虽然写在1917年，因其对整个新文化运动影响很大，故予列入；邹韬奋的《深夜被捕》和《高等法院》两篇文章虽然在1955年出版，但这是对1936年发生的“七君子”事件的真实描绘，在历史上非常有名，故也列入。

二是作者的贡献、名望、声誉。这个时代出了不少文学大家，他们的作品对当时社会有很大的影响，是众所周知的。根据兼容并

蓄的精神，我们选择了不同类型、不同人物的文章，而不是以偏概全，因噎废食。

三是看重名篇、名家，而不是看其官职、头衔。这个时期的作家大多非常年轻，有的还是学生，有的是教授、编辑、出版工作者，职业作家并不多，更非达官贵人。本书以文质论稿，不以官职论稿。但因篇幅有限，有的选得多一点，有的选得少一点，大多一位作家只选了一篇，有的选了 2 ~4 篇。有的是作家的代表作，有的虽不是代表作，也是名作、佳作。

四是自成体系，不同类型。由于各位作家的经历不同，个性不同，写作的时间不同、方法不同，有的写事，有的写景，有的写情，有的写人，有的写物，有的直白，有的暗喻，但都意有所指，文采斐然，类型不同，特色鲜明，发人深省。

五是有较大的针对性。通过学习心得、体会、认识、感受等形式，联想引申，举一反三，借题发挥，发抒心情，间或也有一些与原文意思不相一致的地方，属于“疑义相与析”性质。

我们所做的只是投石问路，抛砖引玉，一种尝试而已。敬希广大读者和专家学者不吝指正。

作者

2017 年 6 月

# 目　录

# 《新青年》的申诉

## ——学习陈独秀《本志（〈新青年〉杂志）罪案之答辩书》一文札记

陈独秀在他创办的《新青年》杂志三周年之际写了《本志（〈新青年〉杂志）罪案之答辩书》一文。

《新青年》以其纵横的立论，深远的目光，尖锐的笔触，揭露了旧时及当时社会，尤其是文坛的弊病，提倡新文学、新道德，反对旧文学、旧道德。许多人赞成，也有许多人反对。反对者认为所言离经叛道，大逆不道，纷纷提出声讨。陈独秀这篇答辩书就是回答读者的这些声讨的。文章虽短，但言简意赅，指明了该刊的意向和宗旨，义正辞严，引导读者走向光明，走向进步，用现代的话来说就是维权吧！

陈独秀首先答辩的是《新青年》的基本宗旨是拥护“德”“赛”二先生，即民主与科学。其一，这是从西方传过来而证明其切实有用的。过去中国从来没有人提出过，现在他们这帮热血青年提出来了，目的是要救中国人民于水火，建立一个民主、科学、强大的新

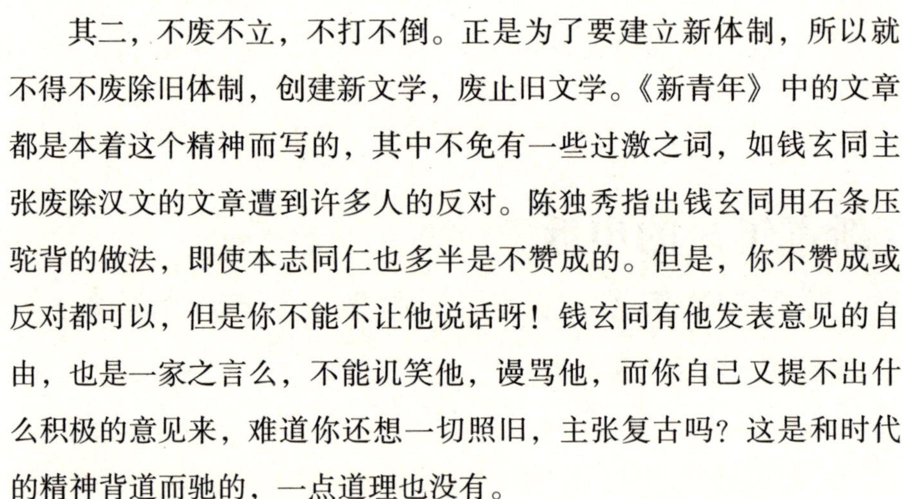



中国，他们非但无罪，而且有功呀！

其二，不废不立，不打不倒。正是为了要建立新体制，所以就不得不废除旧体制，创建新文学，废止旧文学。《新青年》中的文章都是本着这个精神而写的，其中不免有一些过激之词，如钱玄同主张废除汉文的文章遭到许多人的反对。陈独秀指出钱玄同用石条压驼背的做法，即使本志同仁也多半是不赞成的。但是，你不赞成或反对都可以，但是你不能不让他说话呀！钱玄同有他发表意见的自由，也是一家之言么，不能讥笑他，谩骂他，而你自己又提不出什么积极的意见来，难道你还想一切照旧，主张复古吗？这是和时代的精神背道而驰的，一点道理也没有。

其三，民主和科学，这是新时代的音符，全世界的潮流。你不想富民强国则已，你想要富民强国，则舍此别无他途。然而当今社会，内则军阀混战，祸国殃民，外则列强入侵，国将不国。人民生活在水深火热之中，人民再不起来自救，就有亡国灭种的危险，所以就有一班有志青年起来大声呼号，救亡图新。他们是冒着风险，冒着政府的迫害，顶风而上的。然而他们并不害怕。陈独秀最后以“就是断头流血，都不推辞”，来表达《新青年》的坚强决心，并以此布告天下。

1919 年的五四运动，以及稍后建立的中国共产党，开展的新民主主义革命运动，与陈独秀等人创办的《新青年》密不可分。陈独秀他们功不可没，不能以个人的成败论英雄呀！

整整一个世纪过去了，陈独秀他们那个时候所倡导的民主和科学，现在不是还在继续倡导吗？这是一个永恒的课题。抚今追昔，我们既钦佩那些不惜自己的生命和荣辱的先知们的勇敢和智慧，又深感来日方长，后来者重任在肩呀！

# 文学改良抓要害

## ——学习胡适《文学改良刍议》一文札记

胡适1917年在《新青年》杂志上发表《文学改良刍议》一文，有很多真知灼见，对当时文学改革有很大影响。笔者在学习此文时感觉这篇文章写得是很好，不过条文多了一点，有八条之多，不容易记住。这八条是：一曰，须言之有物。二曰，不摹仿古人。三曰，须讲求文法。四曰，不作无病之呻吟。五曰，务去烂调套语。六曰，不用典。七曰，不讲对仗。八曰，不避俗字俗语。是不是可以把它们归纳、综合、概括一下，使之较为简单一些，以便于记忆和执行。笔者尝试着把这八条改为两条，不知可否？一曰言之有物，二曰正确引用。

第一条，所谓言之有物，就是文章不要空洞，笼统。说了半天，天花乱坠，丈二和尚摸不着头脑，不知道你想说什么，这篇文章的效果就会大打折扣。需知大家都很忙，没有功夫来揣摩你的心思呀！揣摩对了，还好；要是揣摩不对呢，隔靴搔痒，牛头不对马嘴，还可能弄出大笑话来，这实在是不值得的。这类文章读者看了没有用，

作者写了也没有用，除了自我欣赏以外，对别人没有一点好处，文章的价值就不是那么很高了，你自己浪费了时间，还让别人也浪费时间，实在是大可不必。此其一。

其二是不要搞说教。板起脸来教训人，唯我正确，唯我独尊，人家一般是很害怕这个的。写这类文章的人大多是领导、学霸，有头有脸、有权有势的人，凭他个人的权威、地位，你也不好不听呀！应该说地位高、学问大的人说的固然有道理，但也不见得都有道理，也可能有没道理的地方，谁能说自己百分之一百正确，一贯正确呢？而一般的草根老百姓学问不大，地位不高，不见得一无是处，也可能有些一得之见，否则为什么总说要走群众路线，多听群众的意见呢？说教的最大危害，首先是人家不听你说教了，你说了半天不起效果；其次是只有你说，没有别人说，堵塞了言路，你变成孤家寡人，你的路子越走越窄，你再想说教也说不成啦！

其三是不哗众取宠。无中生有，没有的说成有的，假的说成真的，死的说成活的，小事说成大事，搞假新闻，作秀，灌迷魂汤，一举成名呀！世界上只有狗咬人，没有听说人咬狗的，但我偏偏要搞出一条人咬狗的新闻，于是大家趋之若鹜，非要去看一下真相不可。仔细一打听，原来并不是人咬狗，而是人吃了狗肉。你说他咬了狗，倒也并不错呀，但这和人咬狗差了十万八千里。这类事情不仅过去有，现在也还不少，所以弄得人家不敢相信，造成了人与人之间关系的隔阂。

上面对言之有物所作的三条解释，概括说来就是实事求是，有针对性，让大家看了觉得抓得到，摸得着，有收获，于是大家就看你的东西了；如果你的文章空洞说教，言之无物，看了等于没有看，谁再来看你的东西呀！看了等于白看，写了也是白写呀！

第二条，所谓正确引用，是针对胡适文中说的第六条“不用典”说的。我倒觉得引用一些典故未尝不可，否则你读这么多书干嘛？我们的一些作家、领导人在写文章或讲话时不都常常引经据典吗？你不用中国的典故，就用外国的典故；不用孔子说，就用苏格拉底说；不用程朱学说，就用杜威学说，都同样是在用典说古呀！其实用典说古是有好处的，一是能增强说服力，二是能增强文章的趣味，增强读者阅读的兴趣，凡此等等，有什么不可？

但是在引用古语、典故时最要不得的是掐头去尾，断章取义。人家本来是一段完整的意见，你掐头去尾，就不是这个意思了。你歪曲了人家的意思，这跟公堂上屈打成招没有什么不同，这就叫做强加于人。你引用上一句，我引用下一句，各取所需，把人家完整的一段话弄得支离破碎，这不是做学问，连做人都不够格呀！这是一种很坏的学风，危害非常之大，非“改良”不可。

胡适提出文学改良刍议是有感而发，他说得很对很好，我也想借此机会补充两句，并不是有什么新见解，也不过是有感而发罢了。

# 新生活就是过有意思的生活

## ——学习胡适《新生活》一文札记

胡适 1919 年在《新生活》杂志上发表了《新生活》一文。

什么叫“新生活”？看来这是一个很大的命题，三句两句话说不清楚。然而胡适用了三个字就给回答了，这三个字就是“有意思”，新生活就是过有意思的生活。

什么是“有意思的生活”呢？胡适进一步解释道：凡事要问一个“为什么”，我为什么要这样做，不那样做？“为什么”这三个字看起来简单，做起来却并不那么容易。有两种不同类型的人：一种人是“打破砂锅问到底”，非得要弄个一清二楚才行，认为这样生活才有意思；另一种人是不求甚解，认为凡事不要搞得太清楚了，搞得太清楚就没有意思了。这实际上是两种不同的人生观。人这一辈子，做什么，不做什么；为什么这样做，不那样做，总得弄个明白，不能不明不白过一辈子。经常问一个“为什么”，你脑子就清楚，不糊涂了。不问一个“为什么”，你的脑子就像一团浆糊，稀里糊涂，莫名其妙。做明白人，不做不明白人，人活着才有意义。大家不妨试试看，经常问一个“为什么”，你就会觉得和不问一个“为什么”大不相同，就会感觉有意思了，有长进了，有“新生活”了。

凡事开头难，习惯成自然。你有问“为什么”的习惯吗？多问一个“为什么”，尝到了甜头，就习惯了。生活习惯也是能够改变的呀！

# 深恶痛疾“差不多”

## ——学习胡适《差不多先生传》一文札记

胡适对于差不多现象深恶痛疾，特意写了《差不多先生传》，很有意思。

“差不多”的危害实在太大，小则误事，大则误命，甚至误国殃民，应该受到谴责。可是有些人至今对此尚认识不足，认为八九不离十，八九离十不远了，差不多了，就这样吧！不错，八、九是离十不远，但八、九毕竟不是十，八、九是八、九，十是十，不能说八、九就是十呀！古人说：差之毫厘，谬以千里。你稍微有一点差错，就和事实大相径庭，差了十万八千里！

差不多先生的一个主要表现诚如胡适指出的，就是办事不认真，懒惰。差一点，不要紧，费那么大劲干嘛？差不多就行了。这是十足的懒汉思想。其实，差不多对差不多先生自己也是不利的。他本来可以办成的事办不成，本来可以做得很好的事做不好。他说的话没人听，生产出来的产品因为不达标，没人买，没有人跟他做生意，赚不了钱。他设计建起来的房屋、桥梁没多久就塌了，造成很大损

失，被万人唾骂，结果身败名裂，被人不齿。

差不多先生自己做事差不多，不认真，对别人奋不顾身、精益求精办事的态度熟视无睹，所以他永远也不会知道我们国家生产建设的发展，我们国家国力的强大是怎么得来的。他永远不能成为一个创新者、领头者，而只能是一个时代的落后者、观潮者。他终究是要被淘汰的，这是差不多先生不可避免的结局。

# 提倡真实简朴，反对奢侈糜费

## ——学习李大钊《简易生活之必要》一文札记

李大钊 1917 年在《甲寅》日刊上发表了《简易生活之必要》一文，是作者针对当时社会奢靡之风而言的。其实，过简易的生活，不仅在当时，即使是现在，何尝不应如此呢！作者把简易生活归结为思想境界和欲望需求两个方面，真是一针见血，有的放矢。

中国有句古话叫“学而优则仕”，历来为人们所垢病。其实这句话本身也并没有什么不当之处。学习好的人不做官，难道让学习不好的人去做官吗？让白卷先生去做官吗？让不学无术的人去做官吗？恐怕不行吧！再说，一个国家总得有官呀！哪一个国家没有官呢？官是什么？官只是做些管理的工作，一个国家没有人管理总不行吧。

问题的关键是你做一个什么样的官。是做清官，还是做贪官？做官是为人民服务，还是从人民身上揩油捞钱？李大钊提出过简易的生活，不搞奢侈糜费，从反对贪官说起，可以说是抓到了源头。

有些贪官从小生长在农村，是一个很懂事、很本分的人。他从农村读了小学、中学，又到大城市里读了大学，甚至留学，有学识，

有能力，于是从小官做到了大官，声势显赫。私人的欲望不断膨胀，从俭朴生活逐渐奢华起来，钱不够怎么办？自会有人来孝敬你！于是从受贿到索贿，从小贪到大贪，终至东窗事发，身陷囹圄。一位已被判刑的贪污犯请假回家去看一下老母，老母对儿子在外面做的事一点也不知情，抱着儿子，拍着他肩膀，直呼："好孩子！好孩子！你为你妈和已经逝去的老爸争气啦！"儿子再也忍不住心里的酸楚，眼泪滴滴嗒嗒地往下流，叫声："妈，我对不起你，我对不起已经去世的老爸！"站在一旁的婶子知道这孩子在外面出了事，转过身去，满眶热泪地说："这孩子怎么一出去就变坏了呀？早知道这样，当初不让他出去，让他在家种田就好！"其实这婶子说得也不对，并不是到外面去做官不好，而是做贪官不好。孩子到外面去经不起灯红酒绿、声色犬马的引诱，他变了，他忘掉了过去简单平凡的生活，而走向腐化堕落。不要忘本，这恐怕就是作者写这一篇文章的本意。

李大钊在文中指出，吾人自有其光明磊落之人格，自有真实简朴之生活，当珍之、惜之、宝之、贵之，断不可轻轻掷去，为家族戚友做牺牲，为浮华俗利做奴隶。社会不情之依赖、不义之要求减少一分，即个人过度之负担、失当之应酬减少一分，亦即虚伪之过失、贪婪之罪恶减少一分。此种生活，即简易之生活也。此种社会，即简易生活之社会也。苟能变今日繁华之社会、奢靡之风俗而致之简易，则社会所生之罪恶，必不若今日之多且重。然则简易生活者，实罪恶社会之福音也。

要让人们过简易的生活，并不是主张不要改善人们的生活，不要提高人们的生活水平，而是主张人们不要奢侈、腐化、堕落、糜费。当今社会，随着生产力的提高，人们的生活比以前已经改善了很多。一方面，国家要尽一切可能提高国力，继续提高人们的生活水平；另一方面，人们也要有所节制，不要欲望无度。生财要有道，不义之财在所不取。即使我们再富有了，我们也要节约、俭朴，不要挥霍、浪费。愈节约，我们的生活可能改善得更快一些；愈浪费，竭泽而渔，我们的生活反而得不到改善。不就是这个理儿吗？

# 爱今天

## ——学习李大钊《今》一文札记

李大钊在《今》一文中，对今天作了深入细致的分析。

过去，今天，将来，今天最宝贵，因为它来得匆忙，去得容易，转瞬即逝，追悔莫及。

所有的过去都埋没于今天，不知道过去就不知道今天，没有过去就没有今天。无限的“过去”都以“今天”为归宿，无限的“将来”都以“今天”为开始。过去无限，将来无限，唯有今天有限。

今天既然这样宝贵，但是仍然有一些人忽视今天，不爱今天。大体有两种人：一种人是厌世派，不满足于今天，总觉得现在不好，今不如昔。他们抚今追昔，但真要叫他们去住草房，吃野果，他们就又不干了。另一种人是乐世派，觉得现在好，今日有酒今日醉，过了这个村没有那个店，优哉游哉，逍遥人生，无所作为，浮生若梦。

厌世派的人不爱今天，其实他们不仅不爱今天，也不爱明天，不爱所有的一切，不论今天的生活是好是坏，他们永远不会喜欢，

永远不会说好，只会说不好。因为他们不知道今天是怎么得来的。他们不懂得今天的好，是许许多多的人辛勤劳动得来的，今天存在的问题不是现在造成的，而是过去长时期积累的后果。因此他们永远不会解决问题，不想去解决问题，永远厌世，直到灭亡。

乐世派的人，衣来伸手，饭来张口，只知享受，不知付出，不劳而获，认为这是理所当然，他们不懂这就叫做虚度人生，这种生活不能持久。

李大钊在另一篇纪念《晨报》五周年写的《时》的文章中强调说：时间是伟大的创造者，也是伟大的破坏者。不懂得今天的人是不会懂得过去，也不会懂得将来的。他们两眼摸黑，一无所知，却一心以为鸿鹄将至，到头来什么也得不到，只会成为向隅而泣的可怜虫。

总结过去，珍视今天，筹划将来，才是完整的时间观，也是正确的今天观。所以说要爱今天啊！

# 神定论还是人定论

## ——学习李大钊《史观》一文札记

史观，即历史观，就是对历史的看法。人类怎样看待历史，历来有两种最基本的看法，一种是天命论，即神定论；另一种是生命论，即人定论。中国如此，外国亦如此。天命论者总把历史的发展参入神的因素，好像神是创造一切的，人服从神的威力。而生命论者则认为人是世界上最活跃的因素，是人决定一切，而非神决定一切。马克思、恩格斯倡导历史唯物史观，反对天命论，使人们大开眼界，推动了历史的发展、人类的进步。李大钊在《史观》一文中坚持这种观点。

人是最活跃的因素，人是决定一切的，是人决定社会、历史的发展，这就赋予了人一种责任。什么样的人决定什么样的社会，创造出什么样的历史。你是一个主张和平、和谐的人，你就能推动这个世界朝着和平、和谐的方向发展；你是一个残忍凶暴的人，你就可能使这世界发生残酷的争斗，血流成河。

这不禁使我想到《大学》中的一段话："古之欲明明德于天下

者，先治其国；欲治其国者，先齐其家；欲齐其家者，先修其身；欲修其身者，先正其心；欲正其心者，先诚其意；欲诚其意者，先致其知。致知在格物。”不诚心诚意地研究客观事物的发展规律，就不能端正自己的心态；不端正自己的心态，就不能真正地修身；不修身，连自己的家都管不好，何谈治国、平天下？所以说，人活着，首先要知道自己应该做什么，不应该做什么，即怎样做人，这至关重要。

但是也并不一概排斥命运。所谓命运，实际就是机遇、机会、时机。遇到机会、机遇，就要抓住。抓住机会，就能办成事；丧失了机会，就办不成事。所谓机遇与挑战并存，哪一个也不能少。不要老是想碰机会，机会也是要人创造的，天上掉不下馅饼，馅饼到处有，要人去找呀！这就是辩证唯物史观。

要使这个世界这个社会的人都成为高尚的人、有尊严的人，首先自己必须是高尚的、有尊严的人；你自己都不高尚，没有尊严，怎么能使这个世界这个社会上的人高尚、有尊严？要使这个世界这个社会的人都有知识，都遵守法纪，首先自己必须有知识，遵守法纪；你自己都没有知识，目无法纪，怎么能使这个世界这个社会上的人都有知识，都能遵纪守法？要使这个世界这个社会和平共处，相亲相爱，首先你和自己周围的人必须和平共处，相亲相爱；你连与自己周围的人都处不好，互相猜忌，怎能去构造和平正义的世界和社会呀！

说人是决定一切的，实际就是讲人的品质、品格、道德、修养是决定一切的，就是以人为本。一个不学无术的人决不能够构建一个文明健康的社会，一个贪得无厌、自私自利的人决不能构建一个公平正义的社会。说人是决定一切的，首先人必须学习，进行自我修养，提高道德品质，懂得做一个什么样的人，怎样做人。

# 毫不利己、专门利人的国际主义战士白求恩

## ——学习毛泽东《纪念白求恩》一文札记

白求恩是一位外科医生，但不是一般的外科医生，他是一位著名的外科医生，有着耀眼的经历。

白求恩 1916 年毕业于多伦多大学医学院，获学士学位，担任过英国和加拿大的上尉军医、外科主任。1922 年被录取为英国皇家外科医学会会员。1933 年被聘为加拿大联邦和地方政府卫生部门的顾问。1935 年被选为美国胸外科学会会员、理事。1935 年 11 月加入加拿大共产党。以他的学历、经历，他本可以在国内施展才能，有着崇高的地位，过着优裕的生活。但是他不，他抱着救死扶伤的医学宗旨，从西班牙战场回国不久，就被派到中国解放区来为伤病员服务。他在日记中写道："我要到中国去，因为那里需要最迫切。"哪里需要就到哪里去，这是一位共产党员的崇高气度。

在那个战火纷飞的年代，中国的医疗条件是很差的，尤其是在解放区，地处偏僻，交通不便，人民的生活尚很困难，何谈医疗设备。在残酷的抗日战争中，有许许多多的伤病员急需医治，但那些

地方的医疗条件很差，不要说医疗设备，就连一些必要的麻醉药品、手术刀等都不具备。但是白求恩不顾这一切，坚持为伤病员治疗、动手术。他一到延安，就主动请缨到前线去，并且组织了战地医疗队，随后又建立了战地医院，编写教材，还亲自为战士们输血。许多事情，明知其不可为而为之，这是一种什么精神？是毫不利己、专门利人的精神，这种精神，不仅为伤病员治好了病，而且教育了许多人，至今仍旧被医学界奉为圭臬。

帮助人需要得到回报吗？一般人都认为这是理所当然，我不能搞无偿劳动呀！这话当然也不错，但白求恩却不这样想，他来到中国压根儿就没有想要得到什么报酬。他到前线后不久，毛泽东指示驻地的聂荣臻司令员按月付给白求恩100元津贴。白求恩拒绝了，他写信给毛泽东说："我谢绝每月100元津贴，我自己不需要钱，因为衣食一切均已供给。"

一次，他为伤病员动手术，不慎划破了手指，受到了感染，但他仍然继续为伤病员治疗、动手术，结果使感染更加扩大，终至不治，献出了自己宝贵的生命。他在临终前给聂荣臻司令员的信中说："今天我感觉非常不好，也许就要和你永别了。请你转告加拿大共产党和美国共产党，告诉他们，我在这里十分快乐，我唯一的希望是多做贡献。"当我看到这里时，眼眶禁不住湿润了，我实在是太感动了。

毛泽东特地为此写了《纪念白求恩》这篇文章，他在文章中提到了国际主义，指出国际主义与狭隘的民族主义和狭隘的爱国主义是根本不同的。国际主义的实质就是相互帮助，相互关心，相互爱护；国际主义是双方的，多方的，而不是单方面的，片面的；国际主义是一种奉献，而不是索取。白求恩在为伤病员服务中，没有索

取什么，而他却拥有了巨大的财富，这种财富是不能用价格或价值的数码来衡量的，它是无价的，是留在人们心中的，是永恒无垠的。

毛泽东在文章中说到了“毫不利己、专门利人的精神”“对工作极端的负责任，对同志极端的热忱”“一个人能力有大小，但只要有这点精神，就是一个高尚的人，一个纯粹的人，一个有道德的人，一个脱离了低级趣味的人，一个有益于人民的人”。如果我们反复咀嚼这些语言，多作一点反思，就一定能够提高自己的思想品位，建立一个健康的正确的世界观，我们活得就可能更有意义。

多做贡献，还是多赚点钱，这是当今世界一般人的一个分界线，也是当今世界不安宁的一个重要根源。我并不是推动无偿劳动，我只是说要倡导白求恩“毫不利己、专门利人”的精神，现在世界上不是没有这种人，只是太少了。

# “为人民服务”常谈常新

## ——学习毛泽东《为人民服务》一文札记

张思德是一位普通的战士，他参加了长征，到延安后做过各项工作，也当过毛泽东的警卫员。一次，他在挖窑洞烧木炭时，因雨水渗透，土质松散，窑洞崩塌，他抢先把一位战友小白推出窑口，而自己却被埋在土堆里死了。毛泽东闻讯后极为悲痛，指示要为张思德开追悼会，他要参加。1944 年 9 月 8 日下午，追悼会在延安凤凰山下的枣园操场举行，有一千多人参加。毛泽东由杨尚昆陪同进入会场。大会由警备团长兼政委吴烈主持，警备团政治处主任张廷桢致悼词后，毛泽东即席讲话，就是这篇著名的《为人民服务》。为一位普通的战士开这样规模、这么隆重的追悼会，过去有过吗？从来没有，所以说它是开风气之先的。

为死者作一些祭奠仪式，古已有之，但那时不叫开追悼会，而是叫做道场。家属请了一班和尚、道士在家里，并请来一些亲戚朋友，送些奠仪（即钱），主人还要请客人吃饭。这些和尚、道士在死者棺木前绕场一周，口中念念有词，意思是为死者超度，祈求死者来

生有一个好的生活，带有封建迷信色彩。过去也有人为死者写祭文、墓志铭的，但是只有一些达官贵人享有这种权利，哪有一般老百姓的份儿？毛泽东为一个普通的战士开追悼会并致词，确实起到了破除迷信、移风易俗的作用。

毛泽东在悼词中说："我们的共产党和共产党所领导的八路军、新四军是革命的队伍。我们这个队伍完全是为着解放人民的，是彻底的为人民的利益工作的，张思德同志就是这个队伍中的一个同志。"毛泽东在讲话中引用了司马迁的一句话："人固有一死，或重于泰山，或轻于鸿毛。"指出："为人民利益而死，就比泰山还重；替法西斯卖力，替剥削人民和压迫人民的人去死，就比鸿毛还轻。张思德同志是为人民利益而死的，他的死是比泰山还要重的。"为死者开追悼会目的只有一个，就是"寄托我们的哀思，使整个人民团结起来"。

毛泽东这个悼词的至高点，就在于"为人民服务"这五个金光闪闪的大字。为人民服务这个词，本来经过毛泽东提出，共产党的倡导，许多共产党员和干部群众的身体力行，全国人民的认真学习，已经深入人心，大家都把人民的利益放在第一位，努力把工作做好，把全心全意、彻底地为人民服务作为自己毕生的奋斗目标和光荣义务，已成为社会风气的主流。可是近些年来，为人民服务的思想似乎变得淡薄了，而为自己服务的思想却有所滋长。一事当前是先考虑到人民群众的利益，还是先想到自己个人的利益，位置往往没有摆正，以致出现了许多不公平、不公正的现象，社会风气变得不那么纯正、纯洁了。于是贪官污吏，违法乱纪者有之；不讲信用，误人误事者有之；只想发财，不讲道德者有之；搞歪门邪道，坑蒙拐骗，损人利己者有之；只讲收获，

不肯付出者有之；勾心斗角，挖人墙脚，名为竞争，实为互相拆台者有之；投机倒把，求神拜佛，不思上进，但思侥幸获利者有之；偷工减料，损公肥私，造成社会危害者有之；私相授受，卖官鬻爵者有之；嫖娼卖淫，不要脸面者有之；吸毒赌博，花天酒地，挥霍浪费，暴殄天物者有之；纳取“二奶”“小三”，导致妻离子散、家破人亡者有之；见危不救，只顾自扫门前雪，不管他人瓦上霜者有之……凡此种种，不一而足。在这些人的脑子里哪有半点什么为人民服务的念头，即使曾经有过，也早已忘得一干二净，无影无踪，真是令人触目惊心，不寒而栗呀！过去人们都说要求“进步”，以进步为荣，现在“进步”这两个字好像已经很少出现了，反而可能会有人说你“落后”了呢！中国过去的俗话“人为财死，鸟为食亡”“人不为己，天诛地灭”，难道这些已经被新社会鞭笞、淘汰的低级趣味还要死灰复燃吗？其结果是人们的口袋满了，而脑袋却空了，人们的心境变得浮躁、空泛，形成了一种社会的扭曲。亏得现在人们的思想也并非完全如此，那些迎难而上、奋不顾身、不图享受、甘愿奉献、全心全意为人民服务的人和事仍然还有，但是似乎这些人和事成为一种少数的例外，成为一种美谈，受到人们的敬仰、赞赏，认为高不可攀，而不是看作也是自己的一种应有之义。

我不是说不要提高人们的生活水平，而是说不要不劳而获；不是说人们现在所做的工作都不是为人民服务，而是说要真正的、全心全意为人民服务，而不是半心半意，三心二意，假心假意，这山望着那山高，哪里对自己有利就到哪里去，只是为自己服务，不多为国家、社会着想。要把为人民服务看作自己毕生的宗旨、工作的准则、生活的座右铭。

大力提倡和推动为人民服务，不要认为这是老生常谈，现在是老生不常谈啦！为人民服务应该是常谈常新，是人们永恒的主题，不能掉以轻心呀！

# 饱经世故装糊涂

## ——学习鲁迅《立论》一文札记

鲁迅在《立论》一文中讲了一个学生请教老师的故事，老师无法回答，只好装糊涂，“阿唷!”“哈哈!”一番了事。

说谎者得到恭维，说真话的遭到痛打。

人们都愿意听好话，不愿意听不好听的话，哪怕这好话是玄之又玄，是明显的废话，也听得进去，而不好听的，即使是千真万确，也听不进去。人家说：你这孩子将来是要死的，但他似乎觉得我这孩子永远不死，所以人说孩子将来要死就反感。

那么该怎么办呢?

按照这个老师的说法就是你什么也不要说，就说：“您瞧!”“阿唷!”“哈哈!”这是一种饱经世故的装糊涂。世上最怕的就是这种装糊涂。其实他明明是知道的，但不实说，模棱两可，不分是非；这也可以，那也可以；这也对，那也不错；这好，那也好；这有问题，那也有问题……究竟应该怎么办？他自己也不知道，于是就只有说“您瞧”“阿唷”“哈哈”了。

装糊涂论就是模糊是非，模糊人生，这是为人处事最有害的“立论”。但愿一个人不要模糊一生，而要做一个有是非、说真话的人。

# 奴才的本性

## ——学习鲁迅《聪明人和傻子和奴才》一文札记

鲁迅在《聪明人和傻子和奴才》一文中，对奴才作了惟妙惟肖的描述。

奴才做惯了，有人不让他做奴才都不行，一是怕主人责备他，二是习惯成自然，狗改不了吃屎。就像京剧《法门寺》中宦官刘瑾手下的小太监贾桂那样，在主子面前站惯了，叫他坐，他不敢坐，说是站惯了，站着舒服。他对主人是这样，而对他下面的人呢，则作威作福，敲诈勒索，无恶不作。

世界上就是有这样的人，当奴才的时候不断地向人诉苦，祈求博得人们的同情，聪明人说了几句同情慰勉的话，他受宠若惊，感恩不尽，但实际上他的生活丝毫也没有改变，继续做他的奴才。而一旦真有人帮他解开枷锁，让他改善一下生活时，他却又害怕起来，深怕得罪了主子，竟然招呼一些同类一起来赶走帮助他的人，甚至向主人邀功，说有人来毁坏咱们的房子，是我首先喊人来把他赶走的。主人着实夸奖了他一番，表扬他不愧是一个忠实的奴才。

清朝的旗籍文武官员对皇帝也自称奴才，并用于正式文件，还引以为荣。看来奴才的本性也很难改变。

他在主人面前摇尾乞怜，而对真正帮助他的人却是另一番态度，有时抓住一点，不及其余；有时血口喷人，甚至向人反咬一口。唉！奴才也是主人培养出来的。人们在叹惜奴才之为奴才时，深感那些培养奴才的主人也着实可憎。

但是应该看到，这样的奴才终究是少数或极少数，绝大多数受压迫的人总是希望得到解救，成为主人的。

# 童趣

## ——学习鲁迅《从百草园到三味书屋》一文札记

鲁迅在《从百草园到三味书屋》的文章中描写幼年时期在老家百草园的生活，碧绿的菜畦，光滑的古井栏，黄蜂，鸣蝉，叫天子，蟋蟀，蜈蚣，斑蝥，还有冬天在雪地里堆雪人，用短棒支起竹筛来捕雀，等等，充满着天真的童趣。每个人都有自己的童年，都有自己切身的经历和体验，一想起那个时代就令人神往。

文中长妈妈讲的美女蛇的故事和她说的教训："倘有陌生的声音叫你的名字，你万不可答应他"这句话，给人的印象尤其深刻。

时至今日，九十多年过去了，这个教训仍然令人闻而生畏，触目惊心。这种教训起先主要是针对着小孩和老年人的，后来就更加普遍了。一个小孩在门外玩耍，一个年轻人过来说：孩子，跟我来，我带你去买糖吃，孩子乖乖地跟着他去了，从此再也没有回来。孩子的父母找不到孩子，呼天抢地大哭起来。孩子呢？怎么一会儿功夫就不见了呢？他（她）深知孩子已经被人拐走了。

门铃响了，老人赶紧去开门，是一位不相识的年轻女子，她非

常热情地对老人说：这个月是我们公司十周年店庆，现在向老客户赠送礼品。随手拿出一包不知是什么的礼品塞到老人手里。老人一时不知所措，也弄不清这是一家什么公司，自己是不是他们的老客户，人家上门送礼收也不好，不收也不好，经过对方一再宣介，还是收下了。接着那位女士就向老人介绍她们公司的一种新产品，其效果如何如何之好，似乎是对你家有非常大的好处，非买不可。这个东西原价1000元一箱，现在打八折，就给800元吧！这样便宜的东西哪里去找？老人却之不恭，不管它真有用或者并不适用，就买了吧，掏出钱来送给人家，那人说声谢谢扬长而去。晚上老人的女儿回来知道了这事，连声说：呀！你上当了！这东西对我们家没有什么用处，再说买那么多干嘛？但也无可奈何了。

一位老人在大街上行走，突然有一个年轻女子上来搭讪说是本月某日本公司举办一个讲座，主要是讲防止高血压、糖尿病、脑溢血病的，还要免费带大家去大医院检查，请老人参加，而且留下了时间地点，并且要了老人家的电话，以便联系。老人一时心动，一切就都照办，到时候真的去听了讲座，还到医院去检查了骨密度。不久检查结果出来，说你身体某某部分有问题。于是介绍了他们公司的某种专治这种病的新药，疗效明显，说得是天花乱坠，让你不买也不行，不买似乎丧失了良机。结果呢？钱出去了，究竟有多大疗效谁知道？事后儿子说：这是在搞传销呀！这种药吃了对肾不利，有副作用。老人不知道是吃好，还是不吃好。已经买了，还能退回去吗？只有自认倒霉了。

其实这类事情还不仅仅是对小孩、老人，电话里的骚扰，网络上的喧嚣，层出不穷，让人猛然想起长妈妈说的“不要和陌生人说话”，这几乎成为一句经典台词。

这种受骗上当的事在日常生活中层出不穷，变本加厉，令人不寒而栗，防不胜防。如果说这种事情使个人受到一点损失，倒还是小事，如果形成一种风气，那危害就很大了。由于经常碰到这类事，造成社会上的人互不信任。不是不愿意信任，而是不敢信任呀！有的人不敢做好事，怕做了好事不得好报，还惹得一身骚。当然这不是主流，毕竟还有那许许多多闪闪发光的正能量散发在人间。

这篇文章的另一个看点是鲁迅在三味书屋读书时的情景。鲁迅很想了解东方朔认识的一种名为“怪哉”的虫究竟是怎么回事，问了老师，老师拒不回答，还面露怒色。也许是老师自己也不知道，所以不回答，也许老师认为这是一类小事，学生不值得问，老师不值得回答，学生应该问的是古圣人的微言大义。这就堵塞了学生探索新鲜事物的道路。如果这样，牛顿就不会去探索苹果为什么向下掉而不向上去这样的问题，从而也就不会出现“万有引力”定律。教育方法要适应现时代学生的需要，启发人智，这是教育改变的一个重要方面，不容易呀！

# 思想的转变是根本的转变

## ——学习鲁迅《藤野先生》一文札记

鲁迅在《藤野先生》一文中记述了他的日本老师藤野先生和他弃医从文的故事，令人深思。

鲁迅青年时期曾在日本学医，他在那里最钦佩的老师是藤野先生。因为藤野老师教书认真负责，为人谦和朴实，帮助学生耐心细致，使鲁迅学到了很多东西。

但在学医期间使鲁迅最不能容忍的是看了“几片时事的影片”，那是日俄战争中日本战胜俄国的情景，但偏有中国人夹在里头，给俄国人做侦探，被日本军捕获，要枪毙了，围着看的一群中国人都像酒醉似的喝彩。而看电影的人也都高呼“万岁”，拍掌欢呼起来。这使得鲁迅义愤填膺，难以容忍，于是他就提出退学，回国了。他明白了，即使学好了医，给几个这样一类没有心肝的中国人治好了病，对我们国家又有什么用？

一个国家不论大小、强弱，如果他失去了民族自尊，他就什么也没有了，这就是鲁迅弃医习文的根本原因，他要用他的笔来唤醒

民众，伸张正义，他的这个决定做对了，做到了。他用他的笔、他的投枪唤醒了一个时代的民族正义感，他的这个成就，比起他如果成为一名著名的外科医生治好几个病人的成绩，不知要大上多少倍。

# 难忘的节日

## ——学习瞿秋白《赤色十月》一文札记

瞿秋白 1920 年以《晨报》记者身份访问苏俄，写了许多篇通讯。《赤色十月》是他去苏俄后早期写的一篇通讯，主要描述了他在彼得格勒参加一个工厂纪念十月革命三周年大会的情境。那一天，工人们和职工家属等鱼贯入场，情绪非常热烈，一个接着一个在会上发言，回顾三年前的当天工人和士兵们英勇起义取得胜利的喜悦心情。突然群众涌动，列宁来了，并且在会上讲了话，群众高呼万岁，都以见到列宁为极大的光荣，那种热烈的场面恍如眼前。随后大家一起到食堂吃饭，过了一个欢快的节日。

然而仅仅隔了六七十年，“苏联”这个名称已经化为乌有，只成为一个历史上的名称。苏联解体的原因非常复杂，众说纷纭。但这个教训真是触目惊心，不忍卒读呀！

反观我们中国则不然。新中国成立以来，共产党领导全国人民一心一意奔社会主义，虽然其间也有一些差错失误，但很快就得到纠正，扭转局面。社会上也产生了一些贪污腐化、作风不正等现象，

但中央也正在花大力气不断纠正查处中。哪一个国家、哪一个政党没有发生过一些差错，产生过一些问题呢？古今中外没有。何况我们是在进行一场前无古人的开创性事业，应该允许犯错误，改正错误呀！正由于党的正确领导，几十年来我们国家百废俱兴，百业俱举，在一个腐朽破败的烂摊子上开创了一个崭新的宏伟壮丽的事业，无论在生产建设上，军事建设上，科学技术上，都有了突飞猛进的进步，人民的生活有了相当大的改善，国力有了很大的提升，令全世界刮目相看，这有谁能否认呢？过去人们缺吃少穿，在饥饿线上挣扎，而现代人一到春节、国庆节这样的长假，纷纷外出旅游，开阔眼界，舒畅心情，过去你曾想到过吗？恐怕多数人没有想到过吧！

团结则国家强，国家强则民族兴，民族兴则人民富，舍此没有什么别的途径。我们现在走的是一条新的长征路，我们的前程远大，但也是荆棘丛生，关键还在于我们自己，别人是阻挡不了的。多做实事要比坐而论道好几千倍，现在更加需要我们加强团结，在前进的道路上添砖加瓦，增强信念，尽自己的一分责任，我们国家就能实现长治久安。如果一个社会人心浮躁，鼠目寸光，在困难面前惊慌失措，好了伤疤忘了痛，彷徨歧途，失去信念，只图个人一己之私利，而置国家民族的命运于不顾，一盘散沙，欲求国富民强，无异于缘木求鱼，必不可得，不仅国家受到损失，个人的利益又在哪里？

党的坚强领导，人民素质觉悟的提高，团结一致，奋发向上，是我们国家持续发展的核心条件和灵魂，舍此岂有他哉！

# 学问的趣味从何而来？

## ——学习梁启超《学问之趣味》一文札记

梁启超讲学问的趣味问题从大处着眼，小处入手。实际是讲的两点论，辩证法。做一件有趣味的事情，要想到会不会没有趣味呀？譬如赌钱，赢了很有趣味，要是输了呢？还有趣味吗？没有了吧！又如做官，当你在做官的时候，威风十足，觉得很有趣，要是一旦不做官了呢？没有威风了，人家都不理你了，你还感觉有趣吗？没有了吧！做学问也是这样。怎样才能做好学问呢？梁启超在《学问之趣味》一文中强调四点，这里只是按照梁氏所说借题发挥一下。

一是无所为。也就是无所为而为。做学问不是为了做什么，也不是为了不做什么；是为了做什么，也是为了不做什么；不是为了拿一张文凭，出几本书，做学问是一件镶嵌在你心灵中欲罢不能的事情。

二是不息。就是要“上瘾”。只有尝到了甜头，才能上瘾。就像吃一次美餐那样，吃出了味道来，才越吃越想吃，不吃不行啦！

三是深入。有些学问，初学时没有很大的感觉，却越琢磨越有

味道，像吃笋一样，你不剥开它一层一层的外壳，怎么能尝到它里头鲜嫩的笋呢？

四是找朋友。坦率地说，凡是一桩学问都是集体的功劳，互相切磋，互相启发，才能共同提高，自然科学如此，社会科学也如此。我国过去强调集体出面，不强调个人，也是事出有因的。当然总有一位领头者吧！有人牵头，集体出力，这是做学问的不二法门。

梁氏归根结底说了一句绝妙的话：太阳虽好，总要诸君亲自去晒，别人不能代你晒太阳呀！不亲自吃一口梨，尝不出梨的滋味来。不要说做学问，世界上哪一件事情不是这样呢？

# 责任心和趣味性

## ——学习梁启超《敬业与乐业》一文札记

梁启超在上海中华职业学校的一次演讲中讲了敬业和乐业，两件事实际也是一件事，引经据典，联系实际。联系到个人，也就是责任心、趣味性这两条。

首先要敬业，然后才能乐业呀！敬业和乐业实际是一而二、二而一的。你喜欢了才能敬爱它，你敬爱它才喜欢它。你不喜欢它，你能敬爱它吗？不可能呀！你不敬爱它，你能喜欢它吗？也不可能。但是敬业和乐业也有一个培养问题，不一定一开始就很爱它，很喜欢它，而是逐步养成的。关键是要持久，继续做下去，趣味自然会产生。趣味不是别人强加于你的，完全是自觉产生的。

敬业、乐业于己于人都有利。把一件事做得十分周到，众人受益，自己也受益，叫做功德圆满。事情没有做好，出了漏子，众人受损，自己也有责任，你心中能安呀？不可能吧！

这些话说起来简单，做起来确也不易，还是得还原这句话：敬业、乐业，既是源头，也是结果，结果就是源头。敬业、乐业往哪儿去找？就得往敬业、乐业中去找。

# 国民党哀悼列宁逝世

## ——学习孙中山《关于列宁逝世的演说》一文札记

孙中山在列宁逝世发出唁电前作了一次演说，对列宁称颂备至，指出列宁领导俄国革命在中国之后，而成功却在中国之前，全靠列宁个人之奋斗和条理、组织之完善，列宁是一个“革命之大成功者”“革命中之圣人”“革命中最好的模范”，“我们虽不能完全仿效其（俄国）办法，也应仿效其精神”。

其实，俄国在1917年十月革命取得成功后也遇到过许多困难，受到国内外许多敌对分子的干扰对抗，人民生活仍很艰难，只是到了1921年实行新经济政策后才有了明显改善，其后的国家建设也是经历了很多曲折、变化的。

任何一个国家的革命、建设总不会是一帆风顺的，有时顺利，有时不顺利；有时成功，有时失败。只有在不断摸索中前进。要想在革命、建设中一点阻碍也没有，一点挫折也没有，是不可能的。我们既不要在取得一点成功时欣喜若狂，忘其所以，也不要因为一点挫折和失败而惊慌失措，丧失信心；既不要好高骛远，也不要止步不前。志存高远，脚踏实地，才能有条不紊，循序前进。

# 黄花岗烈士值得纪念

## ——学习孙中山《对岭南大学黄花岗纪念会演说词》一文札记

1911 年 4 月 27 日，由孙中山领导的同盟会成员 200 人在广州起义，攻入清总督衙门，终因寡不敌众而失败。在现场收集到有姓名的遗骸 72 具葬在黄花岗，史称 72 烈士。这次起义影响极大，不久的武昌起义，一举推翻了满清皇朝，建立了中华民国。孙中山在黄花岗起义十年后在岭南大学向学生演说指出，起义者明明知道敌人有 2 万人，而我们只有 200 人，我们注定要失败的，为什么还要这么干呢？就是要以身殉国，唤起民众，起来革命，推翻腐朽的满清政府呀！孙中山在演讲中强调学生们不要空空地来纪念，而要学习同志们的坚强意志，树立新的道德风尚，将来很好地为国服务，言辞真挚而恳切。

这个黄花岗 72 烈士墓群后来辟为陵园，供人参观。笔者在三四十年前也曾去参观过，这是一座规模很大的烈士陵园，据说当时有许多旅美华侨每人捐一块大石头，为每位烈士垒砌成墓。园内古树

参天，气象万千，园林管理也很好，平日游人如织，遵守秩序，庄严肃穆，对烈士们都怀着深深的敬意。

新中国成立后，好些地方缅怀先烈，也建立起了个人或集体、有名或无名的陵园、纪念碑、纪念塔、纪念亭等，供人瞻仰参访。其中有些地方管理得很好，如北京的人民英雄纪念碑、毛主席纪念堂等，参观的人都是满怀激情，鱼贯而入，秩序井然。然而也有一些地方的陵园、陵厅、陵堂管理得不是很好，有的在陵园、陵厅、陵堂旁边摆了许多摊位，人声嘈杂，把偌大一个庄严肃穆的地方变成一个杂乱无章的市场，很不协调，完全失去了瞻仰怀念的宗旨。有时也举行一些纪念大会，招了许多中小学生听讲，主讲人掏出讲稿念了一遍就草草收场。有多少人常常怀念先烈们的丰功伟绩，激励和鞭策自己，继承先烈的遗志，树立新的道德规范，努力为人民服务，保持我们国家的长治久安呢？参观瞻仰先烈陵园、陵厅、陵堂要使人们真正受到一次教育，重在实践，而不仅仅是一种形式。

# 北京大学的办学宗旨

## ——学习蔡元培《就任北京大学校长之演说》一文札记

蔡元培在北京大学的就职演说主要讲了三点：一是抱定宗旨；二是砥砺德行；三是敬爱师友。语重心长，切中时弊。

从蔡氏的演说看，当时学风不正，学生入学，不是为了钻研学问，而是为了找个靠山，以便将来升官发财。蔡氏强调，大学者，研究高深学问者也。大学四年时间说长不长，说短不短，如能抓紧时间，是能够学到一点东西的，如果懈怠放松，则四年转瞬即逝，你可能什么也没有学到，只是混到一纸文凭而已，这就失去了上大学的本意。现在有没有这种情况呢？恐怕不能说没有。一些学生进了大学，并不安心学习，而是四处活动，东拉西扯，混入社会，预谋未来，美其名曰参加社会实践，其实是徒劳无益的。社会实践的时间长着呢，而上大学的时间很短，你不在大学里好好学习，扎扎实实地学习一点基础知识，就到社会上去混，这有很大程度的盲目性。要是这样的话，你上什么大学，就是不上学，你也可以去做“社会实践”呀！这种做法完全是舍本逐末，目光短浅，得不偿

失的。

砥砺德行，就是学会怎样做人。当时学风不正，社会风气也不正。不正的社会风气，侵蚀到学校，一些学生沾染到一些社会不良习气，危害很大呀！现在的大学生如何？应当说绝大多数都是好的或比较好的，但也有一些受到社会不良风气的影响，诸如只想发财，不问其他，学会抽烟喝酒，玩电脑游戏入迷，甚至做出一些违反社会公德和犯罪的事情来，白白浪费了大好的青春年华，成为切身之痛，不值得呀！

敬爱师友。蔡氏强调师生、同学都要以诚相待，敬礼有加，互相帮助而不是互相嫉妒怨恨。不要为了一点小事而怀恨在心，设计陷害他人，走上犯罪的道路，而这种事情也已是屡见不鲜了！

一个世纪以前，蔡元培校长对大学生们的谆谆教导，现在听了仍然是那样的亲切感人，看来一个社会长期积累的不良风气不是短时间能够改变的，“百年树人”这句话说得多么真切呀！教育建设是一切建设的根本，教育建设搞得好，能带动一切都好；教育建设搞不好，建成的大厦也要倾圮。人们的心态不健全，一切建设都无从谈起。

# 择其善者而从之

## ——学习蔡元培《孔子之精神生活》一文札记

蔡元培在“五四”时期也是反对董仲舒“罢黜百家，独尊儒术”的，但他在1936年写的《孔子之精神生活》这篇文章中，则对孔子的某些见解持正面的态度。主要是指出孔子并不反对物质生活，但在物质生活与精神生活不可得兼的情况下，则偏重于精神方面，主要讲了三点：

一是知。就是知识、智慧。孔子传授知识，启发人智，强调实事求是，知之为知之，不知为不知；不强不知为知，不粉饰门面，装腔作势，借以吓人。这才是真知，不是假知。智力的最高点是道。什么是道？简单地说就是道理。早晨得到了某种知识，晚上死了也愿意，可见他的求知欲是何等的真切。一个人上学的时间是短暂的，而真才实学是持久的。孔子似饥似渴地求知、学习，所以他是高尚的。

二是仁。孔子对学生讲仁，谈了许多方面，都是有针对性的，而仁的基本要义就是爱，“泛爱众，而亲仁”，仁就是博爱、大爱，远远超过了为了获得某种私利而去爱。这种精神是多么的伟大！

三是勇。孔子强调大勇、大谋，而不是小勇、小谋，或有勇无谋。为了一点小事怀恨在心，算计谋害，心胸如豆，这种人能算勇吗？不能呀！所以临事必须要谨慎，只有好勇好谋才能成功，这又是何等的谨慎。

孔子精神生活的另外两个特点，一是不搞宗教迷信，二是注重美术修养，所以他无论在顺利的时候还是在遇到挫折的时候，心胸都是宽阔的、开朗的，而不是压抑的、颓丧的。

物质是有限的，而精神是永恒的，所以说“精神不朽”，没有听说“物质不朽”。人死了，一切物质都随之毁灭，即使带到坟墓里去，也是徒然，而精神呢，随着时间的推移，可能更加发扬光大，谁能摧毁它呢？蔡元培提倡孔子之精神生活，是人类生活的根基和真谛。

孔子时代离现在已经两千多年了，时代有了很大的变化，我们不能说孔子说过的话都对，做的事都对，搞“两个凡是”，或者像董仲舒那样“罢黜百家，独尊儒术”。但总应分清哪个对，哪个不对，择其善者而从之，其不善者而改之，不能一概否定吧！这就是蔡元培这篇文章给我们的启示。

# 典型的中国旧式母亲

## ——学习朱德《母亲的回忆》一文札记

朱德同志回忆母亲的文章写得朴实无华，情真意切，如见其人，如闻其声。我们仿佛亲见他母亲在厨房里做饭洗菜，在田间种地劳动，在为孩子们织布缝衣，由年轻到年老，由健壮到衰弱，一生的心血全花费在这上头了，感人至深。

千百年来，中国的母亲，或者说妇女，可以用几个字来概括其特点。就是：不识字，没有文化，没有自己的名字，小脚，做家务，生孩子。有一句话叫作“女子无才便是德”，女子不用有才，只要能伺候丈夫，搞好家务就行，要读书干什么？不读书自然就没有文化。女人没有自己的名字，当姑娘时叫丫头，大丫头，二丫头，三丫头，结了婚，嫁了人，你姓袁的，嫁个男人姓方，就叫方袁氏；你姓马的，嫁个男人姓牛，就叫牛马氏，实际是真的当牛做马。女人缠脚，民国时代的人，还都能看到那些小脚女人，不知道女人小脚究竟美在哪里。但只要皇帝喜欢，女孩子就个个都要缠脚，哪管女孩在裹脚时所遭受到的刻骨铭心的痛苦。有钱

人家三妻四妾，女人的生活似乎过得好一点，但精神上如何呢？成天争风吃醋，有什么精神、感情生活可言？穷人家的女人成天愁吃烦穿，好像一家的担子全由她挑起来似的，哪有一点真正的快乐！就拿我的母亲来说，她也是穷困家庭出身，不识字，不过倒没有缠脚，她有一个好听的名字叫夏筱梅，大概是我父亲替她取的吧！她在家里恐怕也就叫“小妹”，没有名字。她在36岁时才生我，在极端困难条件下抚养我长大。她离开我已经30多年了，我也一直怀念她。

倒也是有女人挑大梁的时候，譬如中国的四大美人，西施、貂婵、杨玉环、王昭君，几乎改变了一个时期的政局，了不起，但她们大多是以自己的姿色来招诱男人，只是一种工具，谈不到什么人格魅力，其实她们何尝愿意如此，也只是身不由己罢了。

其实，在封建统治之下，不仅妇女没有地位，男人何尝有地位？同样的没有地位。有地位的只是那些达官贵人，富商巨贾。无论女人或者男人，都被套上沉重的枷锁，苟延残喘，忍气吞声地活下去而已。正因为如此，被压迫的人们才起来闹革命，挣脱桎梏，求得解放自由。不仅男人如此，女人也如此，本书收集到的几位女作家，像丁玲、萧红等人，都是投身革命，冲破重重阻挠，摆脱旧社会和习惯势力的束缚，争取男女平等，从黑暗走向黎明的。女同志们不爱红装爱武装，一时传为佳话。

男女的真正平等，还是从新中国成立以后才开始的。男女的平等主要体现在两个方面，一是受教育的机会平等，二是就业平等。女人和男人一样有受教育的权利，她有了知识，有了文化，就有了能力，就能做力所能及的工作，为国家作贡献，社会地位自然而然地就上升了。妇女今日能够扬眉吐气，与男人有同样的发言权、工作权，这是一项了不起的翻天覆地的大转变，千万不能小看了呀！妇女要珍惜这种已经得到的权利，善待这种权利，既不要熟视无睹，也不要过于放纵，男女平等才能有真正的价值。

# 对银杏的赞美

## ——学习郭沫若《银杏》一文札记

郭沫若在《银杏》一文中热情地赞美了中国这一古老的树种，赞美银杏的高尚品格——真、善、美。

银杏树又叫白果树、公孙树。它的祖先曾在中生代侏罗纪时广泛分布于北半球，距今已有几千万年，那个年代的树现在只此一种了，因此它是植物界的“大熊猫”（国家一级保护动物）。中国是银杏的故乡，在古寺庙里可以见到千百年高大的银杏树。现在北京人工种植了一些银杏树，作为观赏的“马路树”。

文章一开头就介绍了银杏的核皮纯白如银，核仁富于营养。它是有花植物中最古老、完全由人力保存下来的奇珍。作者把银杏树称为国树，东方的圣者，中国人文的有生命的纪念塔，连称“我喜欢你，我特别的喜欢你”。作者为什么会这样喜欢银杏树呢？“并不是因为你是中国的特产，而是因为你美，你真，你善。”是银杏的真、善、美的品格令作者思念它，喜欢它。作者着力描写了银杏树的春、夏、秋、冬：春天，你枝条蓬勃，折扇形的叶片多么青翠；

夏天，你为多少庙宇戴上了巍峨的云冠，为多少劳苦人撑出了清凉的华盖；秋天，你的碧叶翻成金黄，飞出满园的蝴蝶；冬天你解脱了一切，枝干挺撑在太空中，毫不避易寒风霜雪。你的果实可以滋养人，你的木质是坚实的器材，你的落叶是绝好的引火燃料。

银杏树有如此优秀的品质，有如此大的贡献，可为什么中国人却忘记了你，大家都在吃你的白果，喜欢吃你的白果，但的确是忘记了你。陪都重庆不是被称为首善之区吗？为什么遍街都是洋槐，满园都是幽加里树，却很少见到你的倩影。

作者写的是银杏，却把它和祖国、母亲联系了起来。作者指出，中国正处在危难之中，中华民族优秀的儿女们，热爱祖国的子孙们，你们都到哪里去了？为什么看不到你们的影子？“我是怎样的思念你呀，银杏！我可希望你不要把中国忘记吧”。作者大声疾呼，炎黄子孙们，不要忘记银杏，不要把中国忘记，中华民族已经到了最危急的关头。

《银杏》是郭沫若20世纪40年代的作品，距今已70多年。作者借用银杏抒发中华民族的优秀品德，激发中国人民的爱国热情。这篇文章想象力丰富，语言优美，感情充沛，立论鲜明，现在读来，仍然感到回味无穷。感谢大自然给我们这么古老美好而又富有生命气息的长青树，给人以满足和享受。银杏能够生长到现代实属不易。人们称它为公孙树，意思是说它长得很慢，种植一棵白果树，需要到孙子手里才能开花结果。前人栽树，后人乘凉，吃白果不能忘记那些辛苦种树的人哪！人总不能忘恩负义，忘记了对父母养育之恩的报答和孝敬，不要忤逆和欺辱老迈无力的父母。兄弟姐妹之间要讲诚信，和睦相处，互相谦让帮助，不要为了争一点遗产而反目成仇，视同陌路。银杏在众人几乎已经忘记它的时候还继续不断地提

供人们美好的食物，人难道可以忘了做人的道理，不如一棵树吗？银杏树真、善、美的品质鞭打着现实社会呈现的那些假、恶、丑，人们在疾呼，在呐喊，召唤着真、善、美和正能量，不要再做那些自欺欺人的事情了。

# 满怀深情寄孩子剧团

## ——学习郭沫若《向着乐园前进》一文札记

郭沫若在重庆写的《向着乐园前进》一文热情地歌颂了孩子剧团为抗战所做的许多慰劳、宣传教育工作，并把希望寄托于孩子们，称他们为中国伟大的将来。

孩子剧团成立于1937年8月13日，淞沪战争爆发的当天，以上海沪东临育学校为主的一部分中小学生，自发地在难民收容所进行抗日宣传活动。团员年龄8～16岁，团长吴新稼。剧团于1938年1月到达武汉后，被国民政府军事委员会政治部收编，由第三厅厅长郭沫若领导。蔡馥生任政治指导员，郑君里任艺术指导员。1939年1月孩子剧团迁往重庆。

作者写到他和孩子剧团先前曾两次见面：第一次是在上海成为孤岛之前；第二次是在武汉。孩子剧团收归政治部管辖以后，郭沫若和这一群小朋友成了朝夕相处的共事者，建立了深厚的友谊，“政治部有他们这一群小朋友的加入，增加了不少光彩”。

《乐园进行曲》是由石凌鹤编导的六幕儿童话剧，是把孩子们的

生活搬上了舞台，现身说法。1941 年春天，孩子剧团在重庆第一次大规模公演，标志着孩子剧团的戏剧艺术活动迈向大型舞台演出的新阶段。由于该剧中有揭露国民党黑暗腐败的内容，还被强令删去若干情节。当年作为第三厅厅长的郭沫若在《乐园进行曲》公演之际，亲自写文章祝贺他们的演出，这对孩子剧团、对大后方以及全国人民的抗战都有很大的鼓舞。

皖南事变后，国民党当局为了加强对剧团的控制，三次下令将孩子剧团调归重庆市卫戍区司令部管辖，强行改组并撤换剧团原有各级领导人员。在周恩来、邓颖超等同志的关心爱护下，一部分团员前往解放区，大部分则留在国民党统治区上学或工作。1942 年 9 月，孩子剧团的活动被迫结束。五年中他们的足迹遍及八个省、市和几十个农村集镇，以戏剧、歌咏为武器，动员和鼓舞了广大青少年、儿童及人民群众抗日斗争的热情，为宣传抗日做出了积极的贡献。

文章最后对孩子寄予了殷切的期望，希望他们永远保持着这个“孩子”的英名。“在精神上永远做孩子。永远保持敏感和伸缩自在的可塑性”，相信“这些小朋友们——永远的孩子，一定会把祖国建成地上乐园”。

这是郭沫若在抗战期间发表的一篇充满激情的短文。现在，这个孩子剧团的成员，有些人恐怕已不在人世了，有些也已成为耄耋老人了，但是历史不会忘记他们，后人不会忘记他们。

孩子是祖国的花朵，祖国的未来，少年强则国家强。现在的孩子们是幸福的，没有战争，没有饥饿，没有贫困，是在和平环境下成长起来的。然而在国际化、现代化和信息化的今天，对下一代的教育，人们仍有许多担心。例如，义务教育制度还没有全面落实，留守儿童缺少家庭教育，出现不少问题；未成年人犯罪率呈上升趋势，致使我国的法律不得不考虑降低判刑的年龄。

父母是孩子的第一任老师，家庭教育十分重要。然而，有不少家庭忽视对孩子的教育，过于溺爱，家长不但不能做孩子的表率，反以种种劣迹影响孩子。尤其是社会环境和社会风气对孩子的影响。道德、诚信的缺失，人与人之间关系的淡漠，坑蒙拐骗，向钱看等不良现象，都会玷污孩子们纯洁的心灵，影响孩子们的健康成长。党和国家已经着手大力抓这件事，人们都拭目以待。

# 奇形怪状

## ——学习巴金《一九三四年十月十日在上海》一文札记

这是巴金1934年10月10日在上海目睹的一天。

我从上小学到中学，到大学，一直住在上海的法租界。巴金在这篇文章中所描写的情景，我也是目睹的。

那时租界里的有轨电车分两个舱，头等舱和普通舱。头等舱坐的是外国人和高等华人（衣着光鲜），而一般的中国人则只能坐普通舱。

在一些热闹的马路上都有一些包着红色头巾、长着满腮胡子的印度巡警，中国人叫他们为“红头阿三”，他们自己的国家也已沦为英国的殖民地，遭受英国人的蹂躏，但是这些人可能都是一些无业游民吧，被英国人征召到中国来欺压中国人。他们手里拿着警棍，站在四叉路口指挥交通，看见不顺眼的黄包车夫就一棍子打过去，就像他祖国的人民被英国人拳打脚踢一样。

在红、黄、蓝、绿各种颜色的霓红灯照耀下的舞厅门前，几个下三滥的白人或黑人水手，左右夹着两个年轻的中国女子，一面亲她们的脸，一面摸她们的胸，嘴里还说着："smile"（笑），那几个女子还真的笑容满面，妖娆妩媚。



那时马路的名称，大多是外国人的名字，什么霞飞路呀，辣斐德路呀，赫德路呀，福煦路呀，亚尔培路呀，等等，其中不乏曾经侵略过中国的人名。

马路也分地界，在一些清洁安谧的道路上隐现出一幢幢豪华高贵的小洋房，那是一些外国人或高等华人的住宅，而一般中国老百姓大多居住在狭窄的弄堂里，即所谓的宅库门房子。一幢三层楼的宅库门房子，楼下中间是客房，旁边有二三间住房，还有灶房。二楼三楼的住房大体和楼下相同，在两层楼楼梯转弯的地方有一个小间，就是亭子间。这些房子大多是大房东租给二房东，二房东再转租给三房客，一幢房子要住六七家，我住的马当路的一个弄堂房子里，一共三层，就住了六七家。

我上中学的那个学校原是一个法国老板的住宅，租给学校的。一天我们正在上课，教室门是虚掩着的，突然外面有人一脚把门踢开了，一个高大的外国白人气势汹汹地走了进来，环顾四周看了一眼，扬长而去。教师和学生们谁也没有理会，照常上课，但毫无疑问，每个人的内心都充满着愤懑。

我母亲的一个小姊妹，那时也已四五十岁了，因为家穷，就让她只有十四五岁的女儿到舞厅里去当舞女，她怀着满腔祈求的音调对我母亲说：我希望我女儿将来能碰到一个好心肠的舞客娶了她，我也就安心了！眼睛里隐忍着断肠的泪水。唉，你怎么会想到一个常泡舞厅的舞客，会有多么的好心呢？

这些都是我青少年时期亲身经历的，其他耳濡目染的事不计其数，无法统计，一句话，外国人把中国人当人看吗？没有，绝对的

没有。他们认为中国穷，中国人笨，中国人不是人。而一些普通的中国人又是怎么想的呢？大多是忍气吞声，而有些人甚至在想：“天啊！为什么我的鼻子不高起来？我的眼睛不落下去？我的头发不黄？眼珠不绿？皮肤不白呢？”

应该说：这不是中国人的无知和过错，是中国百十年来的积弱和贫困造成的！

现在中国的年轻人对于巴金所描述的和我在本文中所写到的，不要说没有看见过，恐怕连听也没有听到过，连想也没有想到过。现在中国人站起来了，中国强大了，我们挺起腰杆，还有谁敢欺侮我们？不要认为这是理所当然的事。要知道我们的强大不容易呀！付出了多少的代价呀！是多少仁人志士抛头颅、洒热血，前仆后继，用生命换来的。如果没有这些，你到哪儿去立于世界强国之林？

# 从废园想起的

## ——学习巴金《废园外》一文札记

巴金 1941 年在昆明发表的《废园外》一文，写的是他在一所废园外散步时所看到想到的情景，读着读着不禁联想到了现在的自己。

近些年来，我住在北京一所大学的校园里，也经常在校园里或者沿着学校后门外一条马路的人行道上散步，而我的心境和巴金当时的心境迥然不同。

巴金从墙的缺口处看到园内，虽然依然盛开着红色的花朵和向荣的绿叶，然而旁边的房子却都毁坏了，只剩下一排排摇摇晃晃随时都会倒下的空架子。那个园子以前也是花木葱茏，充满着旺盛生命力的，但是悬挂着太阳旗的空中武士投下的几颗炸弹，顷刻之间改变了这里的面貌，带走了这里许多年轻人的渴望，人们从污秽的泥土里不断挖掘出一具具腐烂的尸体和裸露的小腿，除了悲怆和寂寞以外，还能说些什么呢？

如今，在我住的这所学校，以前也只是一片荒废的空地。新中国成立以后建立了这所大学，庭院广阔，房舍整齐，主要是培养外

语人才的。几十年来，这所大学培养出了许许多多优秀的外语人才和其他各个岗位上出色的工作人员，足迹遍全世界，为国家做出了很大的贡献。我看到在校园里每天一清早就有学生坐在长条凳上翻开外文书本，一遍又一遍在朗读着原著，默默地记忆着，旁边还放着面包和牛奶，随时可以食用。有一些上了年纪的大概是老师吧，带着经久的风霜，手里提着公文包，正从宿舍匆匆走向教室，满怀激情地准备着课堂上的开讲。还有一些活泼可爱的小孩子，在大人们的照料下，在青翠的绿地里跳跳蹦蹦，尽情地跑耍嬉戏……那是一片多么和煦的春光和令人羡慕的美好的情景呀！

人们在这里怎么会想起我们的前辈，认识或不认识的叔叔、阿姨甚至祖父、祖母、亲戚朋友们曾经受过的煎熬。他（她）们无端地丧失了本来应该属于他（她）们的青春光辉的前程。唉！时代不同了，前后两重天。让我们正视现实，抓紧时间，努力学习，来报效祖国吧！

废园给我们上了一堂痛苦而生动的课。世界上没有废的东西，但有废的思想。只要我们的思想不废，就没有废的物质。废的可以变成有用的，废的可以变成宝贵的。敌人废了我们的花园，但却充实了我们的思想，让我们在废园上重建新的天地，这可能是敌人始料未及的吧！

# 愤怒

## ——学习茅盾《五月三十日的下午》一文札记

茅盾在1925年五卅运动期间写了好几篇文章，对五卅运动当时当地的情景作了许多生动如实的描述。如今过去90年，看了仍然觉得怦然心动，不能自已。五卅运动是由于1925年5月15日上海日商纱厂日籍资本家枪杀中国工人共产党员顾正红事件引起的。在中国共产党领导下，上海群众游行示威，演讲，喊口号，散传单，提抗议，遭到公共租界英国巡捕的开枪射击，打死打伤学生群众数十人，全市人民义愤填膺，开展罢工、罢课、罢市斗争，北京、南京等地纷纷响应，引成了全国性的反帝高潮。这次运动打击了帝国主义的嚣张气焰，提高了中国人民的觉悟，在中国近代革命史上占有重要的一页。

茅盾描述的当时当地的民众也有不同的态度，进步青年和市民是以眼还眼，以牙还牙，奋起斗争；但也有一种人是忍气吞声，逆来顺受；更有一种人则是模模糊糊，熟视无睹。这在茅盾的文章中已经表述得非常清楚，充分显示出那个时代一些平民的众生态。

茅盾在另一篇文章《街角的一幕》中，讲述了一个令人可笑而又可悲的角色的遭遇。这个人主张要“逆来顺受”“和平谈判”。他不听人们的劝阻，继续朝着前面拥退过来的人群的方向走去，迎面就挨了巡捕一棍子。他立刻跪在地上，高喊：“我是安分市民，善良的华人!”可是谁听你这个，棍子还是打下来，这个人只好从人群的胯下爬了出去。旁边的人说：棍子不打到他身上他是认识不到的……让他上一课，他才知道非暴徒……也要挨棍子。另一个声音说：即使打死了他，他是死而无悔的，因为他的哲学是“逆来顺受”。这是一个多么令人震撼的景象呀!

五卅惨案的最大贡献是唤起民众。正像作者在以后的文章中所描述的：五卅运动，像万顷的银涛，脱缰的怒马，直奔东海。雄壮的“五卅”！悲壮的“五卅”，你是“五四”“二七”以来不断的民族解放斗争的大爆发！在中国革命运动史上划了一个新纪元。对残暴的敌人，顺气吞声，逆来顺受，是无用的，只有向他们斗争，懂得了这一点，就懂得了一切。

认识有先后。先认识好，后认识也好，只怕不认识。

唤起民众，90 年前是这样，90 年后的今天仍然需要，那时候人们是为了抵抗帝国主义的侵略，而今天是为了祖国的更加繁荣富强。不要认为一切都来得那么容易，实在是非常的不容易呀！多看几篇类似茅盾记述五卅运动的文章，可以给人一点清醒剂，这就是我在茅盾这么多精彩的散文中选出这一篇的缘由。

# 掷地作金石声

## ——学习茅盾《不是恐怖手段所能慑伏的》一文札记

《不是恐怖手段所能慑伏的》这篇文章是茅盾在1937年上海“八一三”事变（即淞沪抗战）开始后的几天内写成的，表明了中国人民和将士们不畏强暴、同仇敌忾的气概和坚决抗日到底的决心。敌人本来以为他们在中国大地上的行动可以速战速决，却没有想到我们把它一拖拖了8年，如果从东北的抗日联军算起就有14年。我们做了很大的牺牲，日本军也死伤无数。敌人搬石头砸自己的脚，以损人始，以损己终。

茅盾在文中歌颂了农民在极端困难的条件下挑了青菜到市里来卖而不抬价的事。有人问他们怕吗？他们说：怕吗？要怕的话，就不能做乡下人了！茅盾认为这是一句“掷地作金石声”的隽永之言，从而得出结论：“敌人的疯狂轰炸屠杀恰就加强了我们民众的政治意识。”敌人在我国各地的和平城镇施行海盗式的袭击，散布恐怖，但这恐怖却使我们更加深刻地认识了侵略者的疯狂和残酷，我国人民不是恐怖手段所能慑伏的。敌人以自己的野蛮行径使自己的人民尝

到了苦果，十年一觉黄粱梦，到头来是一场空。这恐怕是日本侵略者所始料未及的吧！

不要以貌取人，以身份取人。外表靓丽，内心不一定干净；身份高贵，品德不一定高尚。看了乡下人挑担到城里卖菜不抬价这一描述，不知道那些发国难财的人是否会感觉汗颜？

# 宴会究竟趣在哪儿

## ——学习郑振铎《宴之趣》一文札记

赴宴，对于一些爱吃的人来说自然是一件好事，俗话说：解决问题，不是在办公室，而是在饭桌上，这就是投爱吃者之所好。“拿了人家的手短，吃了人家的嘴软”，酒足饭饱之后，什么事情也就好办了。宴会的饭店档次越高，服务越周到，问题就越好解决。不要以为这只是近些年来的事，其实这在中国已经有很悠久的历史了。郑振铎那个时期宴会也相当盛行。

郑振铎在《宴之趣》一文所述，他并不是不喜欢参加宴会，但是对于那些只是做陪客，宴席上的人大多不认识，甚至全不认识的场面非常反感，于是便借机先告退，常常吃不饱，回家后再吃一碗稀粥补充一下，要比在宴席上爽快得多。前些年，一些人，大多是领导人员，几乎天天在酒店吃饭，天天是山珍海味，吃得腻了，往往觉得是受罪，这种风气蔓延了一段不短的时间，人们习以为常，见怪不怪了。近年来，国家开展打击贪污行贿等不正之风，大力整治贪官污吏，严禁公款请客吃饭，在高档饭馆设宴的情况开始有所

扭转。

郑振铎此文并不是反对宴席。他提出了几种举宴的方式，一是独酌，在家里。老爷爷举杯独酌，叫小孙子也过来，夹一筷子的菜给小孩子吃，家庭温暖，其乐融融。老人辛苦一辈子了，老了，在家里“享受”一下，也是应该的，这实际上也并不算什么享受，主要是精神上的，并不是物质上的。郑振铎举出了第二种宴席，就是少数几个知己聚在一起，弄几个小菜，饮一点小酒，天南地北地畅开诉说，没有顾忌，说得对也好，不对也好，但不能无中生有，造谣生事，这对几个青年人来说是无可非议的。

再者就是家宴，逢年过节，合家团聚，桌上放了一桌子菜，都是老婆、嫂子、妹妹、婶子、小姨她们亲自做的，这是女子的特殊手艺，老人、大人、小孩，觥筹交错，心旷神怡，这种家庭之福，快乐无比，增进了彼此的亲谊。

我们反对用公款大吃大喝，铺张浪费，而不是一概否定宴会，是不是这样呢？

写到这里，不禁想到了当今一些关于吃的有趣的事。现在好多电视台上都有美食的节目，就是主持人请了著名的大厨教大家做菜。一盘色、香、味俱全的美食端到你的面前，不能不令人口馋。

这说明了什么呢？一是人民富裕了，就想吃好的了，如果生活很紧迫，就只想填饱肚子即可，谁会去想美食呀？二是厨师的地位大大提高了，他们费了很多辛苦，做出了美味佳肴，过去人家只是吃着他们做的菜，谁会想到做菜的人呢？现在他们的辛劳得到了人们的认可，得到了人们的赞赏，受到了人们的尊重，这恐怕也是这些厨师们开始学艺时没有想到的吧！

# 离别——别有一番滋味在心头

## ——学习郑振铎《离别》一文札记

20世纪二三十年代青年们出国留学或做工，那个时候飞机还没有普遍使用，绝大部分是坐轮船，近至日本、东南亚，远至欧洲、美国，少则一周，多则一两个月，乘客在船上不得不忍受巨风骇浪的颠簸冲击。可是，不到半个世纪，民用的喷气式飞机普遍使用，人们出国或远途旅行大多乘飞机，而不再乘轮船，北京到上海只需两个小时左右就到了，上海到美国的旧金山，也只需十多个小时，空中交通运输大大缩短了地球上的距离，不能不让人佩服科学技术发展的奥妙神秘，对人类所做出的伟大贡献！

郑振铎出国走到码头上，看到港口停的许多轮船上面都挂了国旗，有太阳旗，有三色旗，有米字旗，有星条旗，唯独没有中国的国旗。郑振铎感到一阵羞愧。啊！在中国的港口停留了那么多的船只，却都是外国的船只，没有中国的船只，他多么希望当他回国时港口停靠了许多悬挂中国国旗的船。他虽然别离了祖国，但那是暂时的别离，还要回来的，他发自内心地高呼：“我爱的中国，我全心

爱着的中国!”

其实中国并不是没有船只，中国建造船只比外国还早。史载早在汉朝时代，中国就已经有了比较先进的船，盛传着张骞出海的故事。到了明朝，郑和七次下西洋的事迹更是家喻户晓。只是到了清末，皇帝颟顸官吏贪婪，把建设海军的钱挪用去建造颐和园，要是在现在，足够判处死刑的了，而那时的慈禧太后却逍遥法外，依然过着懵懂无知、奢侈腐朽的宫廷生活。好不容易建立起了一支北洋舰队，在甲午海战中全军覆没。

在港口挂起中国国旗，是到了新中国成立以后才有的。几十年来，我国建立了大批的轮船、兵舰，并且已经拥有了航空母舰，我国的商船巡弋在世界各地，我们派出船只保护地中海的各国商船，还和其他一些国家共同进行航海演习，当然所有这些船上和舰上都是悬挂着中华人民共和国的国旗的。要知道这一面国旗挂得不容易呀！仅就这一点，我们就应当知道我们要万分珍惜和爱护我们的国家。

郑振铎又写了他与家人们离别时，他跟他的祖母、母亲、妹妹等众亲友，以及他的岳父和他的妻子道别时的情景，所谈的看起来都是生活上的一些小事，天冷了要注意多穿衣服，饮食要小心，被子要盖得好些，起床后要收拾床铺，特别是妻子这几天忙着跟他准备行装，等等，然而这些小事都是不可缺少的，只有家人才关心这些小事，别人谁来关心这些小事呢？家庭生活，从小到大，天天在一起，夫妻同床而眠，痛痒相关呀！什么是爱？这就是爱，而这些切肤之爱是别的任何人不能代替的。不要小看了这种爱，有这种爱和没有这种爱大不相同。你在有这种爱时可能觉得没有什么，而一旦失去了这种爱，你是无法弥补的。

# 青纱帐里透玄机

## ——学习王统照《青纱帐》一文札记

把大片的高粱田冠之以“青纱帐”的雅号，给人以无限的遐想，可谓是我国文人的匠心独运，王统照写来亲切入微。

高粱是一种一年生草本植物，秆高，茂密，耐旱，耐涝，产量高，成本低，适宜于大面积种植。高粱除了可以食用外，还可以酿酒、制糖、制淀粉、做扫帚等，秸秆可供当地人做燃料用。

由于高粱米比较硬，吃起来不是很可口，品位不高，所以古代文人描写高粱的很少，有钱人不吃高粱米，只是穷人或一般人家才吃高粱米。

然而高粱秆粗壮茎直，在夏天收获季节长得密密层层，人很难走得进去。这就为一伙强盗土匪们提供了躲避之地，他们在这里出入，打家劫舍，青纱帐变成了魔帐，人们叫苦不迭，但也无可奈何。

然而坏事也可以变成好事。坏人可以躲进青纱帐，好人也可以躲进去呀！抗日战争时期，游击队抵抗日军，青纱帐也变成了抗

日战士们的潜伏藏身之地，他们常常利用高粱地作掩护，伏击敌人，给敌人以重创。一些作家对此有不少的描述，青纱帐在抗敌战争中的功绩也不可磨灭呀！看来不在于青纱帐本身，而在于谁运用了青纱帐，好人运用青纱帐，青纱帐便成了福地，坏人运用青纱帐，青纱帐便变成了祸地。事物的作用就是这样不断地变换着。

再说时移世易，过去人们都爱吃大米、白面等细粮，不爱吃高粱等粗粮。现在医学界提出粗粮营养价值高，提倡要多吃些粗粮，精细搭配。高粱等粗粮又被看重起来。一般机灵商人乘机而动，粗粮细作，把高粱米磨成粉，制成煎饼果子等，也很好吃，高粱的身价陡然提高了。

并不是时来运转，而是时势使然，这正证明了世界是发展的，而不是一成不变的。不怕没有货，只怕不识货，慧眼识英雄。让高粱田真正变成人们眼里的青纱帐，让高粱米更好地成为帮助人们健康的美好食品。这就是时代变化的奥妙。

# 充满悲愤的革命激情

## ——学习丁玲《五月》一文札记

丁玲于1932年5月发表的散文《五月》，是她青年时期最早引起人们注意的一篇作品。文章充满了革命激情，令人悲愤而振奋。

1931年，丁玲的丈夫胡也频在上海被国民党反动政府秘密枪杀。1932年3月，她加入中国共产党，先后担任“左联”组织部长、党团书记等职务，并主编“左联”机关刊物《北斗》。《北斗》是为反对国民党文化围剿而创办的一个公开发行的刊物。冯雪峰告诉丁玲，杂志在表面上要办得灰色一点，尽量像是个中立的刊物。“因为你一红，马上就会被国民党查封。”因此《北斗》不仅刊登有左联作家的文章，也有非左联作家的文章。据说当时党的领导人张闻天看了很满意，说找丁玲来办刊物没有找错。

主编《北斗》期间的丁玲，精力旺盛，工作积极，是那时最活跃的左联盟员之一。她不仅发表文章，还到一些学校去讲演。有人回忆说：“丁玲这个人大胆，写起东西来，非常之天不怕地不怕的，她的革命性非常强。”也有人说她“好争、好斗”“太厉害了”。《北

斗》创办不到一年，引起国民党当局的注意，1932 年 7 月 2 日被查封，一共出版了 8 期 7 本杂志。

《五月》写于丁玲主编《北斗》期间。作者借五月的风吹过上海的一个又一个角落，概括了整个中国当时的苦难和耻辱，诉说着被帝国主义、封建主义、官僚资本主义压在头上的人民的愤怒，记录了 20 世纪 30 年代大上海光怪陆离的社会景象。那些酒醉的异国水手，从酒吧间、舞厅里款款地出来；一些科长、部长、委员等官员和银行家、公司老板、公子哥们在充溢香水、肉香的小姐们陪伴下袒露的丑态；身着破衫、滴着汗水的码头上的苦力；从湖北、安徽、陕西、河南逃来的饥饿的难民；在滚滚浓烟的机器轰鸣声中、不透风的地下室里劳作的工人们……构成了一幅幅大上海五月的风景，一幕幕上海滩的现实。

五月的风吹过上海的每一个角落，同时吹来了社会上各种各样的新闻：有东北义勇军的发展，他们由工人、农民组成，为打倒帝国主义，反对政府的不抵抗主义，争取民族的解放和劳苦大众的利益而组织在一块，用革命战争回答着帝国主义的侵略；有杀人的消息："南京枪毙了二十五个，湖南抓了一百多，杀了一些，丢在牢里一些，河北有示威，抓去了一些人，杀了，丢在牢里了"；有各省会和乡村的消息："几十万、几百万的被水毁了一切的灾民，流离四方，饿着、冻着，用农民特有的强硬的肌肉和忍耐，挨过了冬天，然而还是无希望"；还有"剿匪"的消息；惊人的长篇通讯和急电以及日俄开战等报道。这一切都反映了当时抗日浪潮风起云涌，南京政府对人民的镇压以及劳苦大众在饥寒交迫中的挣扎。作者立场鲜明，文字犀利，把这些场景呈现在读者面前，充分体现了作者不畏强暴，感情丰富，敢爱、敢恨的直率的个性。

作者最后用象征手法抒发：“屋子里还映着黄黄的灯光，而外边在曙色里慢慢的天亮了”“太阳还没有出来，满天已放着霞彩”。鼓励受苦受难的劳苦大众团结起来，为生存而战斗，踏着那些陈旧的血渍，“无所畏惧的向前走去”。作品形象地反映了大革命失败后两个阶级剧烈搏战的形势，深刻揭示了新的革命高潮即将到来的时代特征。

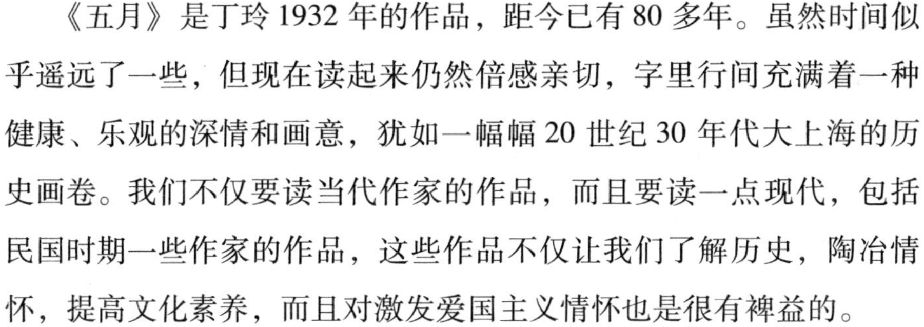

《五月》是丁玲 1932 年的作品，距今已有 80 多年。虽然时间似乎遥远了一些，但现在读起来仍然倍感亲切，字里行间充满着一种健康、乐观的深情和画意，犹如一幅幅 20 世纪 30 年代大上海的历史画卷。我们不仅要读当代作家的作品，而且要读一点现代，包括民国时期一些作家的作品，这些作品不仅让我们了解历史，陶冶情怀，提高文化素养，而且对激发爱国主义情怀也是很有裨益的。

# 一个革命战士成长的经历

## ——学习丁玲《我怎样飞向了自由的天地》一文札记

《我怎样飞向了自由的天地》是丁玲1946年5月为《时代青年》写的一篇文章。从时间上看，可能是为纪念五四运动而写。主要谈了她自己成长的经历，怎样从一个朦胧的小孩子而走向革命的，以此来启迪青年人。

此文撰写的背景是：1945年8月15日日本投降了，党中央从延安派出几批干部团去东北工作，丁玲等一行七人参加了延安文艺通讯团，由延安经晋绥、晋察冀各军区转向东北。当年康濯在八路军光复的察哈尔省会张家口主编《时代青年》。

丁玲是1936年11月经西安到达中央苏区陕北，1945年10月离开延安。这十年间，丁玲率领西北战地服务团上过抗日前线，又参加了延安整风和审干，在身体和精神上都经历了考验和磨难。可以说，她躁动之心、凌厉之气已被磨掉了许多，人也变得成熟沉稳了许多。此文属自传性散文，写的是个人的经历，亲身感受，所见所闻，是作者真情实感的流露。该文写得非常坦诚，很像拉家常。作

者介绍了自己出生在一个没落的望族，对自己影响最大的无疑是母亲，其次是同学王剑虹、杨代诚，以及国文教员陈启明。

丁玲的母亲是一位有文化、坚韧、开明的女性。她十分重视对子女的教育，支持女儿走向社会。丁玲母亲在常德女子师范学校、湖南省立第一女子师范学校读书时，同学中有一个叫向警予的女生，她是早年的中共党员，虽然比丁玲母亲小 17 岁，但丁玲母亲对她十分敬佩，成为了忘年交。丁玲母亲曾当过小学校长，她教育子女不仅要有谋取职业的本领，还要“找着一条改革中国社会的路”。

五四运动那年，丁玲正在桃源女师预科读书。她积极参加了当地游行、讲演、剪辫子等学生运动，还在学校附属的平民夜校教课。有两个同学令她佩服，就是王剑虹和杨代诚。她回忆说，她们“当时是我的指路明灯，她们唤起我对社会的不满，灌输给我许多问号，她们本身虽没有给我以满意的答复，却使我有追求真理的萌芽。后来我又随王剑虹、杨代诚到了上海，她们把我领到广大的领域里”。

1922 年初，丁玲在上海，进入共产党人所办的平民女子学校，同陈独秀、李达等著名共产党人有了接触。这年秋天，到南京，通过王剑虹结识了刚从苏联回来的瞿秋白。由瞿秋白介绍，到上海共产党人办的上海大学中文系学习。瞿秋白给她们讲苏联故事，讲苏联名著以及名人轶事，有趣的，或者恋爱的。瞿秋白凭借丰厚的俄国文学素养，让两个深爱俄国小说的女孩子为之着迷。上海大学“是党办的第二个学校”，瞿秋白是该校教务长兼社会学系主任。师生关系民主，学习风气活泼，培养了许多优秀的革命人才。1924 年 1 月初，瞿秋白和王剑虹结婚。丁玲去了北京，她十分留恋与秋白和剑虹亲密的友谊和愉快的交往。不幸的是后来剑虹染上肺病去世。丁玲匆匆赶回上海为她送行。王剑虹的去世让丁玲非常难过。

《我怎样飞向了自由的天地》中作者谈到了在长沙周南女子中学读书时，有一位国文教员陈启明先生，是全校最进步的人物。他是湖南第一师范毕业的学生，与当时湖南有名的毛泽东同班。文章说“陈启明不只在思想上替我种下某些社会革命的种子，而且是多么鼓励我从事文学”。陈启明介绍她读了许多新小说，新诗，她当年学着写诗，写散文，还写过一篇小说，有两首小诗刊载在陈启明等编辑的《湘江日报》上。陈启明培养了丁玲的文学兴趣，“一直到现在，使我有这支笔为中国人民服务，陈启明先生给我的鼓励是有作用的”。不久，陈启明因思想“过激”而被解聘，丁玲很难受。

《我怎样飞向了自由的天地》是丁玲 20 世纪 40 年代初的作品。当时，她 40 岁出头，年纪不算大，但她已经经历了革命大熔炉的洗礼，对革命，对自己的前途充满信心。她总结自己走过的路，深有感触地说：“我并没有一下便找着光明大道，我打过几个圈子，碰了许多壁才走上正确的道路的。但从这时我却飞到了一个较广阔、较自由的天地。我是放任过自己，勇敢翱翔过，飞向天，被撞下地来，又展翅飞去，风浪又把我卷回来。我尽力回旋，寻找真理，慢慢才肯定方向，落到实际。”她说：“我虽没参加‘五四’，没赶得上，但‘五四’运动却影响了我。我在‘五四’浪潮极后边，它震动了我，把我带向前边。”是“五四”精神在鼓舞她、引导她走向革命，走向成熟，她像一只勇敢的海燕在时代的大风浪中飞翔。此文是她为青年而写的，语言朴实自然，感情真挚，这是她散文的显著特点。

这篇文章既然是为青年而写，那么自然对青年寄予了极大的希望。青年，是人生中最美好的时光。青年人思想活跃，精力充沛，可以为一生的事业打下坚实的基础。

如今，许多青年在各自的岗位上为国家、民族做出了杰出的贡献，是值得人们称赞的。但也有一些青年却在糟蹋青春，给我印象最深的是那些网络诈骗犯们。他们中有的还不满 18 岁。他们原本可以用聪明的头脑，用自己的双手劳动创造新生活，然而，他们却好逸恶劳，依靠网络的先进技术，去欺骗善良的人们，致使许多受骗者倾家荡产，家破人亡。这样的人还能算青年吗？还能算大写的“人”吗？青年人要自爱、自尊、自重、自强。千万不要玷污青年这美好的称谓呀！

# 我们的时间到哪里去了

## ——学习朱自清《匆匆》一文札记

朱自清写了《匆匆》，记了时间一去而不复返。

时间对每一个人来说都是一样的，不论老少。然而感叹时间走得快的，似乎以老年人居多，一般年轻人对时间的概念似乎还不太深。

几个老人在医院的门诊室里闲聊："啊！时间过得真快，怎么一下子就老了呢？"似乎有一点惋惜。而这种感觉对年轻人来说并不明显，因为他们还不老，似乎有的是时间。有些年轻人对时间漠不关心，轻易地放走了许多时间。

然而时间总是这样一天一天，一点一滴，一分一秒地在每一个间隙中悄悄滑过，一去不复返了，真是来去匆匆。

世界上什么东西都能追回，就是时间不能追回。什么事情最可怕？失去时间最可怕。时间从不停留，所以非常短暂，也最珍贵，尤其对年轻人来说。年轻时不珍惜时间，等到老了再去珍惜就已晚了。"我的时间到哪里去了？"一个人如果能够想一点这个问题，也许就能够珍惜一点时间，到老年时少一点遗憾，不至于认为白白地到这个世界上来走了一趟。“莫等闲，白了少年头，空悲切!”这话已经说了很多遍，但似乎总还嫌不够。

# 景色依旧，换了人间

## ——学习朱自清《荷塘月色》一文札记

读了朱自清的《荷塘月色》，觉得这不仅是一篇美丽的文章，而且是一幅美丽的图画。读者犹如身临其境，看到了那幽僻的煤屑路，丰满的杨柳，袅娜的荷花，远处的高山，天上的星星，薄薄的青雾，脉脉的流水，淡淡的月光，还有那轻轻的蝉声和蛙声。既悠远而又真切，既清幽而又丰满，既凛冽而又热烈。

在这个时候，人是最自由的，你可以任意想你所想象的东西，海阔天空，无边无际。我想到了周敦颐的《爱莲说》。人们爱莲，颂扬莲，出污泥而不染。然而世界上究竟有几许人真正做到这样呢？理论和实际常常脱节，现实和想象总有一段距离。

时隔近百年，风云变幻，清华园的荷塘月色依然存在，而且更加美丽动人。住在清华园里的师生们，当你们沿着荷塘散步时，是不是还常常想到敬爱的朱自清老师呢？“往事越千年”，现在的清华园、新中国，已经“换了人间”。

# 漫游秦淮河

## ——学习俞平伯《桨声灯影里的秦淮河》一文札记

俞平伯生在苏州，长期住在杭州，自然爱好南方特有的风景文物，年轻时经常偕朋友在江南一带风景秀丽的地方游览，写下多篇引人入胜的旅游文章。《桨声灯影里的秦淮河》就是其中动人的一篇。

我也是江南人，也去过那些地方，也一样的流连。一说到西湖，就令人想起三潭印月，断桥残雪；一说到秦淮河，就令人想起六朝金粉，才子佳人；一说到苏州，就令人想起洞庭太湖，水上人家。哪一个人不爱美呢？秀色可餐，真的让人流连忘返呀！

俞平伯和朱自清荡舟在秦淮河中，有一些卖唱的女孩子也乘船过来，跳到他们的船上，想向他们唱歌，卖弄风情，传承了秦淮河畔青楼女子一贯的浪漫本色，亏得俞、朱二位是正派人，大概也由于囊中羞涩，没有过多地和那些女孩子纠缠，要是一般的男子，在这种声色的诱惑下恐怕也难免无动于衷呢！

这些都是历史。不管是那些传说中的柔绵悱恻、扣人心弦的爱

情故事，还是立马横刀、驰骋疆场的英雄好汉，一切都已经过去了。往事越千年，风云变幻，时移世易，江山美女今犹在，只是换了人间。

历史是人创造的，但绝不是一个人创造的，而是许许多多人共同创造的。一个人的能量再大，能创造出一个新天地吗？不可能的。可是有一些历史的创造者一成功，就认为是自己创造了历史，唯我独尊，视人民为草芥，结果是身败名裂，只不过昙花一现而已。固一世之雄也，而今安在哉！因此，不要把自己看得太高，目空一切，不可一世，骄横跋扈，涂炭生灵；也不要把自己看得一钱不值，自卑气馁。一个人做他应该做的事，做他力所能及的事，为国家添砖加瓦，就算尽到了自己的责任。不能以成就大小论英雄，要把自己放到一个适当的位置上，才能做到不卑不亢，宠辱不惊，进退自如。

这篇文章不仅写了秦淮河游记，而且也反映了俞平伯和朱自清年轻时代的友谊，他们一起做学问，一起交往，一起游历，个中趣味令人神往。

# 读书——超越时空

## ——学习俞平伯《读书的意义》一文札记

“读书的意义”，似乎已经是一个很古老的命题了，每个人都可以有自己的回答，而最为流行的还是那句话：“书中自有黄金屋，书中自有颜如玉。”这种观点近世已经受到不少批判，很少有人再敢这么提了。

俞平伯把读书与旅行挂上钩，把“读万卷书，行万里路”联系起来，认为游历是活动的书本，而读书则是一种卧游，你躺着也能去游历。人不可能都外出游历，也不能到所有的地方去游历，但他可以在书本上游历。书本上说的就是你没有去过的地方而他去过，你不知道的事情他知道，你读了书也就可以说是行了万里路，懂得万种知识了。这就是读书的好处。

俞平伯说有些人不爱读书，那是讲的 20 世纪 40 年代的事儿。可是现在呢？时隔 70 年，据说也还存在这个问题。有人劝他们读书，他们说你“迂腐”，现在电脑、网络、手机上都可以看书，谁还去看纸质的书？如果他们真的在电脑、手机上看书学习，倒也好，

可有些人说是这么说，何尝真的在电脑、手机上看什么书呢？他们只是在电脑、手机上玩游戏，跟不认识的人谈天说地闲聊罢了。这些人不爱读书，那么爱什么呢？爱钱。俞平伯在引用纪晓岚回答乾隆提出江上有几只船的问话时说只有两只船，一只是名一只是利时，直截了当地说：现时只有一只船，就是利。名和利也是有冲突的，你想要有一点好名声，你就得不到利；你想得到利，就顾不上脸面、人格、名声了，这话可真是说得一针见血呀！在这种一味好利的空气中寻求读书乐，岂不难于上青天？俞平伯似乎是出于一种无奈地说：如果把读书和好利两者“混合”起来，也许能使一些好利者肯花十年功去读点书，但那不又陷入科举时代的泥潭中去了吗？

一些一心求利的人认为不读书不要紧，但是没有钱不行，有钱能使鬼推磨，管它什么礼义廉耻、国家民族，退休前就为退休后做好了一切准备，有奶便是娘。俞平伯说：不读书，“骨子里已经损害了民族国家的前途，这绝不是耸人听闻”，而是千真万确呀！

俞平伯强调“文学”的重要性，说是中国地广人多，东西南北中，说各种不同的方言，有各种不同的习俗，但有一种是相同的，就是文字，广东人和北京人说不同的话，但他们都认识共同的中国字。不要小看了这小小的方块字，它却在无形中维护了我们国家的统一和完整。

为了我们国家民族的利益，也为了我们自身的利益，还是要读点书好。没有我们国家民族的利益，我们连立足的地方都没有，还谈什么个人的利益？

# “前人”是谁?

## ——学习叶圣陶《莫遗忘》一文札记

叶圣陶《莫遗忘》这篇文章揭露了那个时候在一个不公平的社会里的人遭到的不公平的待遇。一些人为大众的利益做了很多好事，所得到的却是被唾骂、判罪，甚至处死，死得不明不白，死了还不能公开，连一些亲朋好友都不能公开说他是无罪的。有的则被长期幽禁在黑暗的角落，不得超生。渐渐地这些人被遗忘了，而这些人是不应该被遗忘的，这似乎就是这篇文章的主旨。

有一些所谓的“通人”，专门写文章去描述某些名人的生活琐事，而这些琐事通常是十分无聊和秽琐的，这些描述也不过是昙花一现而已。有一些人做了很多好事，却没有人过问。其实他们自己对于留名不留名，被人遗忘不遗忘，并不在乎。他们虽然不一定有名，却是永远活在人们的心中。留名不留名，遗忘不遗忘，不在于他们的名字，而在于他们遗留的事迹。踏着前人的脚印往前走，你知道这些“前人”是谁呢?

人们一生的经历那么多，而人思维器官的容量有限，对过去的

一切，不可能都遗忘，也不可能都记住。遗忘那些可以遗忘的人和事，人们的心情就不会那么纠结了；记住那些应该记住的人和事，人们的心情就变得宽敞亮堂了；不要对那些小事小非耿耿于怀，而要着眼于那些大是大非，这是现代人应有的胸怀。

# 神似和形似

## ——学习叶圣陶《以画为喻》一文札记

《以画为喻》就是用绘画来作比喻。叶圣陶这篇文章的中心思想似乎有两点，一是要画得像，即形似；二是要画得有神采，即神似。譬如你画一只猫，就要把它的眼睛、耳朵等特征都画准确，不能画成马的眼睛，猪的耳朵，那就不是猫，而是一种怪物了。画人，画其他动物、植物都一样。光画像了不行，还要画出他的神态来。譬如画一个老人，不仅要画他的躯干、面貌，还要画他特有的蓬松的头发和胡子，互相配合，使人一看觉得这个老头儿虽然年纪大了，但精神矍铄，和蔼可亲，好像要从画面上走出来一样的矫健和蔼。是呀，画家画的事物既要同类相似，又要似而不同，才能吸引观众。譬如齐白石画了那么多的鱼，徐悲鸿画了那么多的马，都是神采奕奕，其姿势气态各不相同，看起来才有味道。而要画得既形似，又神似，则需要两点：一是平时的细心观察，二是画时手腕熟练。平时不细心观察，你就画不出它的特点来；你的手腕不熟练，画时就不能得手应心，结果自然画不出好画来。

《以画为喻》，喻什么呢？就说喻做人吧！不光是会吃饭、穿衣、结婚、生子，就算是一个人了。当然这也是人，但只不过是一个“形似式”的人。做人还需要有一种精神，也就是画中所谓的“神似”。什么是“神似”的人呢？就是他的“精气神”。要是一个独立奋斗的人，而不是一个好吃懒做的人；要是一个有道德尊严的人，而不是一个蛮不讲理的人；要是一个有远见、有创造精神的人，而不是一个死气沉沉、苟且偷安的人；要是一个对国家、社会有贡献的人，而不是一个只图个人享受、损人利己的人。这样我们的社会就有生气了。你的这幅画就栩栩如生，形象逼真了。

你究竟想画出一幅什么样的图画，做一个什么样的人，完全靠你自己。

# “七君子”被捕始末

## ——学习邹韬奋《深夜被捕》《高等法院》二文札记

“七君子”事件是1936年11月发生在上海的国民党政府打击迫害七位爱国民主人士的一次严重事件。沈钧儒、邹韬奋、李公朴、章乃器、王造时、沙千里、史良七位爱国民主人士被捕，并被转送到苏州高院受审。读了韬奋的《深夜被捕》和《高等法院》两篇文章，从一个侧面了解到他们被捕时的情景，如亲历其境，感同身受。

在中国的土地上逮捕中国人，即使是他们真有罪，真要逮捕，何需外国人在场呢？一个法国人持枪对着邹韬奋，这不仅是对某个中国人的侮辱，难道不是对中国政府的侮辱吗？

从前来逮捕七位爱国民主人士的那些所谓巡捕、翻译等人的态度看，前倨后恭，口口声声说是“奉命行事”“我们也没有办法”“对不起”等，看来他们也并不见得都同意这样的逮捕命令，只是奉命办事而已。特别是七人被解赴苏州的路上，李公朴向陪同的人讲解了国难的严重性和宣扬全国团结御侮的主张时，这些人也几乎热泪盈眶，甚至大家一起唱起了《义勇军进行曲》。光凭这一点就可以

看出国民党政府此举的不得人心。

欲加之罪，何患无词？当时苏州法院审问七君子所犯的五点“罪行”，没有一条是站得住脚的，国民党政府心劳日拙，最后在全国人民的一致呼吁下不得不放人了事。对人民狠，对敌人软，一场闹剧就此收场，徒然贻笑大方而已。

此文1955年在三联书店出版，但记的是1936年的事，故本书采用了。

# 理解生活和习惯生活

## ——学习沈从文《时间》一文札记

一个人从出生到死亡，也不过几十年的时间，每个人都要吃、喝、睡觉、吵架、恋爱……没有人有异议。你的前生怎么样，谁也不知道；你死后怎么样，谁也不知道。能知道的就只是你有生之年的这一段时间，所以说时间最宝贵。

既然时间那么短暂，我们是坐着等死吗？不能吧！人总是不甘心死的。老天爷既然生了我，总就想活下去，干吗要死？好死还不如恶活呢！于是就出现了“怎样耗费这几十个年头”的问题，不同的人有不同的观点，大致有两种人：一种人是“理解”生活，一种人是“习惯”生活。“理解”生活的人对于现在的生活总是不满意，总想活得再好些，于是他不断地奋斗努力，追求更高的生活水平。而“习惯”生活的人则满足于现状，认为现在的生活已经不错了，因此他安于现状，就不再去努力奋斗了。

究竟哪一种人聪明些，哪一种人愚笨些，人们的看法是不一样的，而且表现出的努力程度不一样，个人的成就也不一样。沈从文

认为，像释迦牟尼、孔子、耶稣这样的人，活着奔走呼号，不辞辛苦，似乎很愚蠢，他们和任何人一样，也不过活了几十年，然而他们的学说、观点、理念，却深深地嵌入人们的心中，他们的生存时间可以延长到几千年以至于无穷。而有些人仅止于吃、喝、睡觉、吵架、恋爱，他们的时间确是只有那几十年。

不是要人们都去学释迦牟尼、孔子、耶稣，这种人并不多，只是说一个人的生命是有伸缩性的，有的人的生命受时间的限制，而有的人的生命不受时间的限制。生命不是固定不变的，时间能为他作证，时间看不见，摸不着，却无人不拥有，正因为如此，时间反而不被人看重了，被疏忽了，被无端地消磨了，说到底，太可惜了。

时间对每个人都一视同仁，从不吝惜，也不宽待，全凭你自己掌握。你可以无视一切，但不能无视时间，无视时间就是无视一切，失掉时间就是失掉一切。陈子昂诗：“念天地之悠悠，独怆然而涕下。”不抓住时间，后悔就来不及了。

# 春节祝福，万象更新

## ——学习阿英《新年试笔》一文札记

阿英写的《新年试笔》，充满着期待和希望。

阿英写春节除夕夜守岁的几种人，有的是兴高采烈，忘却暂时的苦恼；有的饮酒赋诗，遥看渐曙的天色；有的照例酣睡，一如往常；女人们忙于做菜烧饭；孩子们则嬉笑跳跃，企盼着新年有更多好吃的。

中国历来看重春节除夕，不仅是因为一种习俗，而且是一种团结和谐的象征，几百上千年过去了仍旧照样。

现在的除夕新春仍然是非常兴奋热烈，中央电视台每年都要制作播出春节联欢晚会，在除夕夜播出，煞费苦心。一家人欢聚一堂围坐着看电视，热闹非凡，一直到午夜12点一声钟响，外面鞭炮齐放，照耀上空，虽然为了减少污染，放炮的人少了，但还是此起彼伏，不绝于耳。尤其是家里有人外出打工的，一年或几年都难得回来一次，也在春节前赶回来和家人团聚，儿子看到老父母增加了白

发，心里一阵心酸；老父母看子女们长大了，也有一种莫名的难过。真是一则以喜，一则以惧呀！这时大家唯一的愿望就是希望老少平安，身体健康。啊！这就是人生，这就是生活。

除旧迎新。新一年带给人们新的希望和梦想。人们都用“恭贺新禧”四个字来祝福对方，祝福自己，祝福社会，祝福国家，祝福世界。这是人同此心，心同此理呀！然而具体祝福些什么呢？不同的时代有不同的要求和特点。在阿英那个时代人们祝福的是什么时候天亮。而现在呢？天已经亮了，人们祝福的是全面实现小康社会，保质保量按时完成扶贫任务，实现中华民族的伟大复兴……

将来的祝福将会是什么样的呢？人类没有止境，希望也没有止境，祝福也没有止境，需要靠人们的共同努力，一步一个脚印地去实现，没有现成饭呀！在实际生活中，我们永远也不要绝望，不要灰心。幸福是属于不断努力，不断追求者的。只要我们充满信心，持之以恒，我们的前途总归是幸福美好的。

# 节操就是气节操守

## ——学习曹聚仁《节操》一文札记

什么叫“节操”？有关词典说得很简单，就是气节操守。什么样的情况算是有气节操守呢？曹聚仁这篇文章里举出的几个例子就是。

张俭原来是一个地方上的督邮，因为揭发了宦官侯览及其家属的罪行而遭到追捕，地方上的人冒着风险来保护他。一位叫范滂的人为了保护张俭，怕连累别人而自首。蜀郡太守李膺因为反对宦官专权而被捕下狱，一位叫景毅的人因为敬仰李膺的为人而自请免官，不愿苟安。孔融为了接待逃难的张俭，和哥哥孔褒争相“认罪”，母亲也出来表示愿意承担责任，弄得县官也不知道怎么办才好。这就是本文作者曹聚仁眼里的节操。这种舍身赴死的精神，千百年后还一直荡涤着人们的心灵，使人振奋。

也许有人会说：你们这些人也太傻了，人家犯了罪，跟你有什么关系，你保护他干嘛？

有的说：自己犯罪自己当，你不必去代人受过呀！

当然，这必须是以保护好人为前提的，这些人是为了维护正义，

揭露权奸而被追捕的，人们尊重他，热爱他，才舍生忘死地去保护他。离开这一点，就无法谈论什么气节、节操了。

质诸现在，有些情况也值得人们反思。一些人为了保护自己，不分青红皂白，妻子揭发丈夫，儿子揭发老子，唯恐与自己有牵连，把自己摆脱得一干二净，结果是妻离子散，家庭破碎，实际是什么事也没有，一场闹剧而已。

有一些本来是很好的朋友、同事、同志，为了保护自己，而群起揭发，不惜无中生有，捕风捉影，把莫须有的罪名强加于人，甚至诽谤污蔑，栽赃陷害，什么师生情谊，朋友交往，亲人关系，一概付之东流。这样的人还谈得上半点节操吗？和曹聚仁所举的那些人那些事相比，不觉得汗颜吗？

节操，平时一般表现不出来，只是在遇到危险时才显现出来，古人所谓的“时穷节乃见”，就是这个意思。有的人平时对你好，一遇到紧急情况，就你推我推，谁也不愿意承担责任。有一些人则不同，平时不一定显得那么亲热，而一旦有事，却能伸出援助之手，甚至不惜牺牲自己的生命，大义凛然，肝胆相照。两种人相比，差距多么大呀！中国古时候倡导“时穷节乃见”，这个传统现时也值得保持呀！

# 什么人也不能有特权

## ——学习曹聚仁《百寿图》一文札记

曹聚仁在《百寿图》一文中，假旧戏中郭子仪寿辰时，其儿媳升平公主自恃是皇帝的女儿，不与其夫郭暧一起拜寿，受到郭暧的斥责，升平公主回宫后向唐肃宗泣诉，肃宗进行劝解的事，指出“权力”这东西真有点古怪，一个人没有权力的时候，什么事也没有，一旦有了点权力，脑子就膨胀起来，不知不觉地自高自大起来，唯我独尊，谁也碰不得，老子天下第一。拿破仑走上了阿尔卑斯山时得意忘形地说自已和阿尔卑斯山一样伟大。曹聚仁的文章指出，像郭子仪、曾国藩那样的人，还算是比较谦和的，他们本身倒没有什么，可他们的子女都恃势骄奢起来，大树底下好乘凉，儿子犯了罪有老子顶着。现代社会竟然还有这种情况，所以屡屡有“我父亲是××”“我父亲是公安厅的”，等等，借父辈的权势吓人。其实这种人是最没有出息的，自己没有能量，靠祖宗的荫德，算什么本事！倒是那末代皇帝，还有那些皇亲国戚们，一旦知道大势已去，光环不再，说出了什么“让我做一个老百姓就足够了”那样悲惨凄凉的话，是言不由衷呢，还是真的有了一点醒悟？

# 一个对市侩主义的绝妙写照

## ——学习冯雪峰《简论市侩主义》一文札记

冯雪峰在《简论节俭主义》一文中把市侩主义的形形色色描绘得惟妙惟肖，淋漓尽致，叹为观止。

市侩主义，实际就是极端利己主义、功利主义。但是这类利己主义者用心巧妙，善于伪装，深藏不露，不易识别。冯雪峰在文章中揭示了市侩主义者的种种特式，这是一种软体动物，他包在软体里面，灵活多变，永远也碾不碎，让人不易捉摸。他不像那些江洋大盗，面目凶悍，手里拿着枪，对着你，说“把钱交出来”。不，他不是这样的，他掏你的钱，但不持械抢劫，让你自动地交出来。他哄骗你，但说得头头是道，无懈可击。他冠冕堂皇，自命高雅，不爱听人家说他是市侩主义者，但内心却又不得不承认自己是市侩主义者。他从来不责备自己，觉得捞钱是理所当然，人为财死，鸟为食亡么！他乘人之危，落井下石，绝无半点爱怜之心。他们之间也呼朋唤友，金兰结义，但却从来都是“和而不同”，不怕翻脸。

市侩主义者存在也是有条件的，只要有适当的温度，它就能生

长。他们像泥鳅一样不容易抓住，一滑而过。

市侩主义者最可怕之处在于，明明知道他是一个市侩主义者却不敢揭穿他，还要和他相处，不然就没有你的好，使你受了伤还不知道是怎么受伤的。

市侩主义者另一个可怕的地方在于，你和市侩主义者接触多了，耳闻目睹，久而不闻其臭，受到他的影响，你自己也不知不觉地成为一个市侩主义者了。

众多的市侩主义者形成了一个市侩社会，这天下还不乱了呀！

市侩主义者既然是个软体动物，又隐藏得那么深，那么怎么会给人发现了呢？因为狐狸尾巴终究是藏不住的，尽管它夹得很紧，总有一天要露出真相来。若要人不知，除非已莫为。不要以为世界上只有你最聪明，别人都是傻瓜，聪明反被聪明误么！

党的十八届六中全会审议通过的《关于新形势下党内政治生活的若干准则》和《中国共产党党内监督条例》，强调要从严治党，明确规定党组织要不折不扣地执行中央的决策，高级干部不准在党内搞小山头、小团伙，不能搞家长制，重大决策应多种方式征求群众意见，领导干部必须管理好身边的人，凡此等等，都是建立中央权威所必须的，如果现在还有什么市侩主义者的话，就让他们见鬼去吧！

# 稻草人纸老虎
## ——学习施蛰存《稻草人和饿了的刺猬》一文札记

施蛰存写了三则寓言，言简意赅。

稻草人，和所谓的纸老虎、贵州的驴是同一类东西，也可以称之为一丘之貉，专门用来吓唬不明真相者的。实际上它们是属于假冒伪劣的一种，一旦它们的真相被戳穿，便一无所有，一钱不值，徒被贻笑大方而已。

但这些东西的真相，一般还真不太好被戳穿，因为它们乔装打扮，煞有介事，像真的一样，反抗者要经过多次试探，探明了真相，才敢于和它们碰撞，非在万不得已的情况是不敢冒这个险的。譬如刺猬快要饿死了，被压迫的民众被帝国主义压得透不过气来了，贵州的老虎对外来的驴子产生怀疑了，等等，才敢豁出命来碰撞一下。

忽然想起一个国家的改朝换代，为什么总是手无寸铁的穷人起来推翻那些貌似强大的统治者呢？小米加步枪能够打败统治者的几百万大军，有时候真觉得不可思议，其实道理很简单，拼了！与其饿死，还不如拼死，饿了一定会死，拼了倒还不一定死，事实确实如此。看来，人民是真人、真老虎，而那些残暴的统治者往往是所谓的稻草人、假老虎。世界上一切的一切，真的最重要，最宝贵，而假的最没有用，最不值钱。真的假不了，假的真不了。

# 尽职尽责

## ——学习施蛰存《寒暑计》一文札记

每个人都向往自由。但是怎么才能得到自由呢？你发挥自己的能力，为人民服务，替世界创造价值，人民需要你，你就自由了。你胡作非为，或者不作为，不替人民服务，甚至给人民造成危难，那你就不能自由，没有自由，得不到自由了。

给人自由，自己才能自由。为什么一些人总想着自己自由而不想到别人的自由呢？结果是别人不自由，你自己也自由不了。

自由行动的寒暑表不起作用了，人们就把它摔了。世界上任何事物都是这样。

# 谁也离不开谁

## ——学习施蛰存《风·火·煤·山》一文札记

风燃旺了火，火助长了风。风和火其实是一对孪生兄弟，谁也少不了谁，少了谁也不起作用。

煤矿里深藏着煤，是深藏的煤使这座山成为煤矿。煤和山也是相依相托的呀！没有煤就不叫煤矿，不是煤矿就不产煤。

世界上任何事情都是相互关联、相互依托的，谁也离不开谁。

你要活，也要让别人活。别人都不活，你还能活吗？不要目中无人，只有自己。目中有人，才能有自己。

# 一个活脱脱的江湖骗子

## ——学习张天翼《华威先生》一文札记

华威先生是旧社会一位十足的政客型官僚，是到处招摇的江湖骗子。

他靠的是他的名声。他到处任职，实际是挂职，只有职，不办事；他到处开会，不是迟到，就是早退，实际是哪个会也没有参加；每会必发言，每次发言都是两句话：一是这个会很重要，大家要努力干；二是要服从领导中心，说到底就是要服从他这个中心，他就是领导。这种发言实际等于没有发，人家丈二和尚摸不着头脑。他成天开会，忙得不可开交，以至于他总抱怨一天 24 小时不够用，最好能再延长几小时。即使如此，有的会没有请他挂名，或者没有请他参加，他还要申斥人家怎么不请他，好像天下没有他办不成事。

其实他并不是没有时间，他每日里吃喝玩乐可不少，占用了他很多时间，有时喝得酩酊大醉，醉卧在小姐温柔乡里。

这样的人究竟凭的是什么呢？是靠他的权势。他的权势来自两种：一种是社会背景，家庭显赫，朝中有人好做官，靠了祖宗的荫

德也做了一点好事，名声在外。另一种是靠他的财富，家财万贯，有时候也捐一点钱，做一点慈善事业，至于他的财产是从哪里来的，谁也不会在意，要管也管不着，他就是靠了这些壮大自己，抬高自己。这类人很会揽事，名声很大，却什么事也办不成，人们得罪不起，只得慕名邀请，但他却心安理得，大言不惭，认为理所当然，他对现状还不满呢！

时隔半个世纪，现实生活中是不是也还有这种事情呢？虽然性质不同，却也不能说没有。有的人专门从事“发酵”工作，特别是在网络上不少见。道听途说，无事生非，小事化大，虚张声势，把水搅浑，于是他就有了发言权，说东道西，指手画脚，振振有词，乘机捞到一点好处。有的人退休了，却仍然挂个虚名，什么事也不干，仍月进万金。有的人身兼数职，其实不管事，有事找不到人，谁都负责谁都不负责。有的是铁路警察，各管一段，你的事我管不了，我的事你管不了，互相推诿，实际是无人管。有的是该作为的不作为，不该作为的大作为，名为利民，实为扰民。这类事情，与中央倡导的实事求是之风完全不符，人们看在眼里，不满在心里。中央早已洞察其弊，所以提出来要树立三风，提出了不少措施来防微杜渐，这很必要，很重要，华威先生之风不能长。

# 学以致用，活学活用

## ——学习林语堂《论读书》一文札记

林语堂强调凭兴趣读书，不要搞死记硬背，这也是目前一些人主张要进行启发式教育，不要搞灌输式教育的一个重要主张。我觉得从理论上讲是如此，在实际教育过程中，未必全是如此，有些属于基础知识性的东西，你不死记硬背也不行。例如中国的历史，春秋、战国、秦汉、南北朝、唐、宋、元、明、清，你不记住这个发展过程，把明朝的事放到唐朝去了，把宋朝的事情放到清朝去了，这能行吗？当然是不行的。这和美国的事不能放到英国去，法国的事不能放到德国去是一样的道理。华盛顿是美国的首都，不能把它挪到意大利去呀！拿破仑是法国人，不能错认为是奥地利人呀！埃菲尔铁塔在巴黎，不能挪到罗马去呀！自由女神像在纽约，不能挪到洛桑去呀！一些基本知识，就是得靠死背硬记。记得我小时候有一次考地理，出的题目是河南省省会在哪儿？黑龙江省的省会在哪里？广东在湖北的哪一边，陕西在山西的哪一边？上海的简称是什么？等等。你如果对中国的地理常识一无所知，你可能就会乱点鸳

鸯谱，把整个中国的省份来一个大搬家，让人看了啼笑皆非。有些事情需要死记硬背。所以凡事不能绝对化，该启发的要启发，该灌输的还得灌输。

读了《论读书》一文使我得到的启发很多。

一是要活读书，不要死读书。书是死的，人是活的，所谓启发式教育，就是要你在读书中受到启发，举一反三，联系实际，活学活用，那你就把书读活了，学以致用了。

二是读了书要有自己的见解，不要人云亦云，照抄照搬。任何一本书都是只供参考，不能依样画葫芦。前人的意见，加上自己的见解，这是读书的第一要义和本质要求。

三是喜欢的书，有益的书，要反复读，即所谓温故而知新。人的知识随时间的积累越来越多，也越来越可能改变。我今年这样认识，明年可能不这样认识了，我今年只能理解其十分之三四，明年可能理解到十分之七八了。迷途知返，觉今是而昨非。连孔子都说自己 60 岁时候的见解可能和 59 岁时不一样了。温故知新不是简单的重复，而是新的认识的开始。

四是必须从粗读到精读。粗读只不过是引进门，精读才能登堂入室。你想从书中探索一点真理，一目十行是做不到的，只有精读，见微知著，才能心领神会，融会贯通。

五是读书不要停顿。要持之以恒，不要半途而废。什么春天太懒，夏天太热，秋天太短，冬天太寒，那就没有时间读书了。每天读书不要求多，但应当每天都读。三天打鱼，两天晒网，有头无尾，前功尽弃啦！读书各人有各人的诀窍，怎样适合自己，就采用哪一种方法。

# 神话和人话

## ——学习周作人《神话的辩护》一文札记

周作人在《神话的辩护》一文中为神话辩护，主要是因为当时有人认为向中小学生讲神话是传播迷信，周氏对此持反对态度，认为神话在儿童读物里的价值是幻想与趣味，而不是事实和知识。在老师的帮助指导下，学生们知道神话是假的，不是真的，神话绝不会妨碍科学知识的传播。

关于神话会不会引起迷信的问题早已解决，现在不会有人相信神话说的是真事，真的相信神话。这个问题无须再讨论了。连孔子都“不语怪力乱神”“未知生，焉知死”。何况现在的人！活着的事还搞不明白呢，还去研究什么神鬼！

不过有一个问题倒是值得注意一下的，就是“神话”和“人话”的问题。不能把人当作神，把人话当作神话。人是有血有肉的生物，再伟大的人物做了很多伟大的事业，但他也免不了说错话，做错事，这是很正常的。而神，有谁看见过他呢？正因为没有人见过他，没有人听他说过话，没有人见他办过一件事，所以就认为神总是对的，神话是绝对正确的。如果把一个人说的看作是神话，他所说的一切都是对的，这事实上是不可能的，这不是尊重人，而是亵渎了人。因此，必须把神话和人话分开，不能人、神不分，把人视为神，把人说的话当作神话，句句都是对的，那非但无益，而且有害，这在古今中外历史上都是有过教训的，不能不引以为鉴呀！

# 杨柳——长得越高，离根越近

## ——学习丰子恺《杨柳》一文札记

丰子恺喜欢画杨柳，虽然不是画家与杨柳有什么缘分，却也是有原因的。开始时大概觉得杨柳美吧！杨柳的确美，所以大家都很喜欢它。但是它究竟怎么个美法？为什么人们都喜欢这种美呢？恐怕就很少有人去追问了。而丰子恺在作画中不断地琢磨这个问题，越琢磨越喜欢柳树，因而也越喜欢画柳了。

丰子恺说：所有的树都往上长，柳树也不例外，但是柳树上的柳条却是往下垂的，这和其他树的枝条有所不同。所有的树长得越高，树梢离树根就越远；只有柳树，长得越高，柳条垂得越下，离树根越近。

树有了根才能往上长呀！没有根，树怎么往上长呢？所以说，叶落归根，树叶落下来还是要归到根上，归到泥土。

人也是这样，生我养我的是母亲——祖国大地。儿子长大以后怎么能忘了祖国母亲呢？孩子长大了，有了能耐了，也不能把母亲忘掉。是的，你现在可以独立自主了，但是你独立自主是从哪里来的呢？是你的祖国母亲培植的呀！没有祖国母亲你哪来的什么独立自主。柳树尚且有这个灵性，何况人呢！哪怕你已经成为一棵参天大树，你也不应该不知道你是怎么长出来的。

# 未雨绸缪

## ——学习丰子恺《口中剿匪记》一文札记

丰子恺把贪官污吏看作是口中的匪。口中的匪作乱，牙齿全烂了，不能吃东西了，人是要死的；而贪官污吏搜刮民脂民膏，害得人民活不成，国家是要死的。所以丰子恺对贪官污吏咬牙切齿，恨之入骨，必欲除之而后快。

对于口中的烂牙，丰子恺的解决办法就是全拔掉，拔了再镶；对于贪官污吏，也要全部打倒，另换一班人，这确实是最彻底、最有效的办法。

治病是为了救人，但更重要的是要防病。未雨就要绸缪呀！人本来是单纯无瑕的，只是在社会上学到了一些坏习惯才变坏的，因此不能不说社会也有责任。什么样的社会制造出什么样的环境，造就出什么样的人。如果我们能在事先做一些预防的工作，多采取一些防范的措施，把一些想要贪污犯罪的人制止在犯罪之前，这不是更好吗？前车之鉴可以警后，法治与德治要兼顾，这也很值得深思呀！

# 战争是一次洗礼

## ——学习萧乾《矛盾交响曲》一文札记

历来战争都是非常残酷的，日本侵略中国是这样，德国侵略英国也是这样。这篇文章读着读着不觉使人想起英国，作为一个老牌帝国主义国家，它一直是很强大的，但是现在当它受到比它更强悍的德国纳粹的侵略时，是不是会想到过去它曾经侵略过的许多弱小国家的人民曾经遭受过的苦难呢？不会啦！它现时自己也很狼狈，已是自顾不暇！它不会去反省过去的所作所为啦！

在《矛盾交响曲》一文中，萧乾首先描述了战争的恐怖："一颗炸弹丢下来，十二世纪名教堂钟楼顶上的天马坠了地，一辆汽车可震上了屋顶。"

文章描述了伦敦在遭受德国飞机狂轰滥炸时的芸芸众生，各式人等。一些英雄们冒着生命危险用胳膊硬托住三层楼，在瓦砾碎片中拯救被压垮的老人小孩；一个戏班子巡行了2500里为军队作义务表演；相爱的青年男女争先恐后去办理结婚登记，以便婚后可以服军役，打德国鬼子；瞎子利用他们灵敏的耳朵到前线去监听来袭的

敌机；等等。这就是同仇敌忾，在国家遭受危难时大家都来帮一手。英国人还用幽默来藐视敌人，无名氏慷慨解囊按户去捐献若干金镑、先令，一个老人带着他的一匹牧马要求进入防空洞，老妇住在被震破了的残屋里喂养几十只小猫。他们和她们对小动物都这样的仁慈、爱护。

当然也有冷酷的一面，被炸出的房客正彷徨在冷清的街头，房东却还在逼着他交付房租呢！一个印刷局的老板，因为有人在他拥有的大厦里收容了三对难童难母，竟起诉说有碍他独居的自由，凡此等等。但那终究是少数。

战争是一次洗礼，是心灵的碰撞，是对人性的考验，让人们团结起来，共赴国难。第二次世界大战以德、意、日法西斯的彻底崩溃而告终，同时也使一些原来的帝国主义国家似乎有了一点醒悟，许多殖民地独立了，民主的声浪日益高涨，许多国家的贫苦人民奋起斗争，翻身得到了解放。现在许多国家都倡导和平、和谐，主张用谈判的方法来解决纠纷，求得共赢，他们觉得战争解决不了问题，只有和平谈判才是上策。

一些大国的领导人应该知道，不要总想由自己国家来领导这个世界，“你们都得听我的！”这是当今世界的一个大忌。世界已经进步啦，人民已经觉醒啦，你还停留在原地踏步呀？这种思想已经落后了。你越想领导和支配这个世界，世界越不让你领导、支配。只有平等地对待所有的国家、民族，让他们自己去解决自己的问题，才能使别人自由，你也自由。

# 脚踏实地

## ——学习许地山《落花生》一文有感

许地山在《落花生》一文中指出，世界上有许多生物，长得好看，味道鲜美，人人见了都喜爱，像桃子树、苹果树等就是这样。但也有一些生物很实用，却不显眼，像花生那样，生长在地里，外面连看都看不见，等它长出来了，无论是煮出来或者炒出来，都很好吃，人人都喜欢它，它还有榨油等许多功能。

文中父亲告诫儿子说：你们要像花生，因为它是有用的，不是伟大、好看的东西。说的是落花生，其实是讲的做人呀！

“它有用”。对呀！要做一个有用的人，不要做一个无用的人。人在这个世界上潇洒走一回，总得做点事呀！否则不是白来一趟吗？不值得呀！

伟大是好，他一定是对这个世界、这个国家、这个社会做出了杰出贡献，使许多人受益，才能得到这个称呼。可是究竟有几个人能称为伟大呢？终究是极少数。其实也不要太过看重伟大，把伟大神秘化了。伟大出自平凡，平凡中见伟大！伟大来自你的贡献、表

现，是人们对你的尊称，不是你自己伸手要得来的。不要寅缘以求地去向往伟大，而要多做一些踏踏实实、对人类有益的工作。什么也不做，或者光做一些表面文章，哗众取宠，哪来的伟大、体面？再说伟大者也总有缺点错误，并不是十全十美的。做人总要实事求是，不虚度此生，虽然不一定很伟大，却也很体面。

# 谁也不怕谁

## ——学习许地山《蛇》一文札记

许地山写的《蛇》这篇文章，耐人寻味。

一位丈夫在一棵树底下看到了一条蛇，吓得转身就走，而那条蛇却也迅疾地钻进了蔓草丛中。

丈夫回家后把这事告诉了妻子，并问："到底是我怕它，还是它怕我?"

妻子回答得很巧妙："你若不走，谁也不怕谁。在你眼中，它是毒蛇，在它眼中，你比它更毒呢!"

啊!"要两方互相惧怕，才有和平呀?若有一方大胆一点，不是它伤了我，便是我伤了它。"丈夫作出了这样的结论。

是吗?要两方互相害怕，才能有和平吗?为什么不说：互相信任，才能有和平呢?当今世界正是靠了互相害怕，才维持和平，但这种和平只是暂时的，终究有一天，一方大胆一点，就不和平了，就打起来了，不是你伤了我，就是我伤了你。靠互相害怕来维持和平是靠不住的。我们要的是互信的和平，真正的和平，长久的和平。

# 人力车夫的愿望

## ——学习靳以《冬晚》《在车上》二文札记

这里选了靳以两篇文章《冬晚》和《在车上》，都是写的有关人力车夫的事。

时值隆冬寒夜，几个年轻人想乘人力车回家，一声呼唤，几辆人力车同时前来，都争着要拉他们。其中有一个车夫看上去只有十六七岁，而他自称十九岁，已经拉了两年多车啦！作者不忍心地摇摇头，没有坐他的车，却顺手给了他一点钱。车夫愤怒地说不拉车给什么钱，就快快地走了。又一次，他坐上了一个矮个儿汉子的人力车，一路上攀谈起来："你多大年纪了呀？""五十多岁了！""一个月能挣多少钱呀？""也只是够糊口罢了，挣到的钱要交车行老板呀！""你最大的愿望是什么？""希望能有一部自己的车！"作者描述的这些情景新中国成立前我住在上海时也亲眼看到过，人力车夫那瘦削的脸和坐车人肥胖的身躯是多么地不相称呀！这些人力车夫以最大体力消耗换来的只是最低下的生活，而且动不动就被那些红头阿三（租界警察）和华人巡捕辱骂殴打，有谁正眼瞧他们一眼？

他们过的不是人的生活，比一条狗还不如。

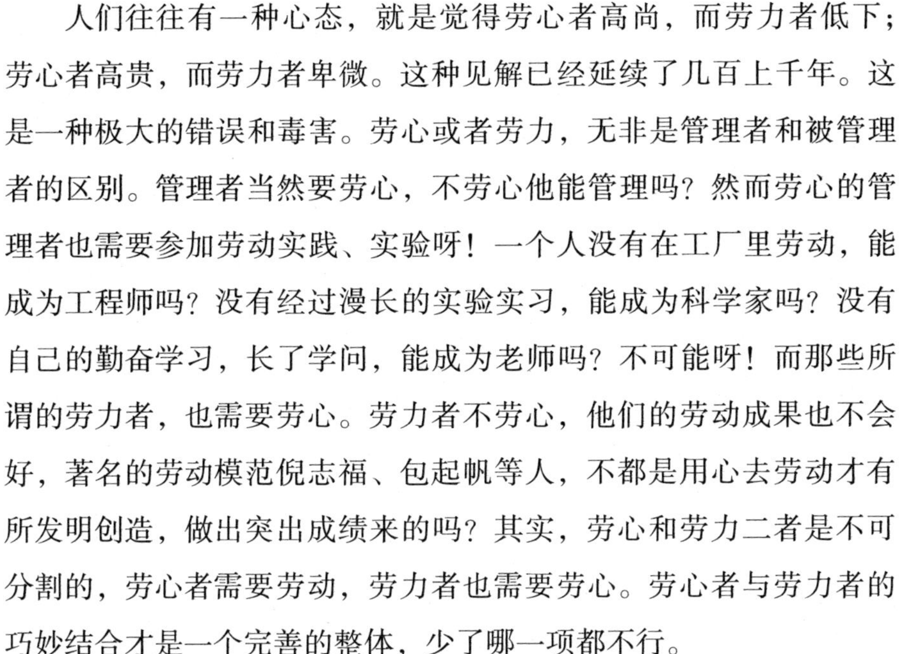

新中国成立以后，人力车消失了，人力车夫也消失了，人们的心里就像放下了一块石头。

人们往往有一种心态，就是觉得劳心者高尚，而劳力者低下；劳心者高贵，而劳力者卑微。这种见解已经延续了几百上千年。这是一种极大的错误和毒害。劳心或者劳力，无非是管理者和被管理者的区别。管理者当然要劳心，不劳心他能管理吗？然而劳心的管理者也需要参加劳动实践、实验呀！一个人没有在工厂里劳动，能成为工程师吗？没有经过漫长的实验实习，能成为科学家吗？没有自己的勤奋学习，长了学问，能成为老师吗？不可能呀！而那些所谓的劳力者，也需要劳心。劳力者不劳心，他们的劳动成果也不会好，著名的劳动模范倪志福、包起帆等人，不都是用心去劳动才有所发明创造，做出突出成绩来的吗？其实，劳心和劳力二者是不可分割的，劳心者需要劳动，劳力者也需要劳心。劳心者与劳力者的巧妙结合才是一个完善的整体，少了哪一项都不行。

当今世界随着科学化和人性化的发展，有些人力劳动会消失，但很多劳动仍会存在。劳心者和劳力者要互相尊重，相辅而行，只是工种不同，没有什么尊贵卑贱之分，才能更好地提高人的素养、技能，充分发挥人类应有的作用。

# 怎么看书？
## ——学习夏丏尊《我之于书》一文札记

夏丏尊《我之于书》一文中写了他爱买书。但是买来的书也不一定全都看了，有的当时就翻一下，较短的书一下子就看完了；有的看了一下目录；有的看了一部分；也有的先放在书架上，等以后需要时再翻看。其实不仅夏丏尊如此，其他一般人买书看书也有这种情况，但是既然买了书，有了书，那么就总得翻一下，要不然，连翻也不翻你买它干嘛？

大凡买书，一般都是先看序言、前言、目录，如果这本书不厚，也可能一下子就看下去，时间不长就看完了。辞书一般都不会马上看，先放在那里，等有不认识的字或不明白的词才去找它，所以它什么时候都是有用的，不可缺少的。至于大部头的书，真能从头到尾看完了的恐怕并不多，只是择其需要者而阅之，大部分时间只是停留在书架上而已。

开卷有益。看书总是对自己有些好处吧！一本好的图书是智慧的结晶，是把别人的智慧传到你的脑袋里，变成自己的智慧，使自己聪明。读书可以改变一个人的一生，是任何人都不能缺少的。

所以，书本有实用价值，而不是一种摆饰。有时看到有的人家的书房里或者办公室的大书橱里放满了书，都是大部头著作，什么全书呀，什么全集呀，什么全卷呀，古今中外几乎全有，心想这个人一定很有学问吧！他怎么能看得了这么多书呢？他哪来这么多时间看这么多书呢？如果再一细问便能了解，他不见得都看了，即使看也只是极少部分，更多的是一种摆饰，显示自己博学，是一个高级知识分子吧！而且这种书大部分不是他自己买的，而是公家向他提供的，摆样子的。这类书摆得再多也没有用。

哪怕我只读了一本书，但是仔细地看了，觉得有收获，比之放一百本书在书架上却没有认真地翻一翻，要有用得多。

买书的人的心情和写书的人的心情往往不一样。写书的人总希望别人买我的书，看我的书，而买书看书的人则常常是凭自己的爱好和兴趣。各人的兴趣爱好不同，所以不能要求人家都买我的书、看我的书。我曾经对自己说过，我写的书哪怕只有一个人看了，说声好，我就心满意足了，我的劳动算是没有白费。是不是这样呢？就是。

# 从小就要进行体育锻炼

## ——读夏丏尊《早老者的忏悔》一文札记

读了夏丏尊写的《早老者的忏悔》，感慨良多。中国过去被外国人称为“东亚病夫”，一般老百姓手无缚鸡之力，未老先衰，人的平均年龄只有三十来岁，以这种体质怎么能够抵御身强力壮的外国人呢？

质诸中国人身体孱弱的原因，归结起来还是个教育问题，诚如夏丏尊文中所提到的，学校教育德、智、体三项，最看重的是智育，德育、体育放在从属的地位，尤其是体育，学校里虽然也设了体育课，实际上形同虚设，上体育课时松松垮垮，做几节操，跑几步路，会立正、稍息、向后转等几个动作就行，学校不够重视，老师要求不严，学生自由散漫，这种体育课有什么用，体育老师自然也不很受人看重。唯一例外的是，新中国成立前清华大学有一位体育老师叫马约翰（中国人），在清华执教了52年，从助教升到教授、体育部主任，并曾代表中国以田径总教练身份参加了第十一届奥运会，在体育事业上作出了重要贡献，受到人们的尊重。这是千里挑一，万里挑一，国家的宝贝呀！

不重视体育锻炼的情况全国解放以后虽然有所改变，但并无彻底的好转，就是对体育教育仍然不够重视，或者说名义上重视实际上不重视。你说没有抓吧，也抓了；你说抓了吧，并没有狠抓，仍然是智力第一教育。诸如球类、田径、游泳等，也培养出了不少人才，最大的问题是英才教育而不是普及教育，经过一些特定时间、特定方法的培训，我国确实也在某些体育项目上有所突破，在世界比赛中屡次独占鳌头，外国人不再敢说“东亚病夫”了。但光这样是远远不够的，获得世界冠军的那几个人不能代表全体中国人的体育水平和全国人民的身体素质。特别是足球，还有田径，请了多少个外籍教练，但都没有用，连亚洲都冲不出去，遑论世界。根本原因就是没有从小抓，现在连中央都十分关心这个问题了，要求各类学校都要有专职的体育教师，加强体育教育课，对学生进行专门的培训，并且提出了目标、要求，亡羊补牢，还不算晚。

除了领导上要真抓实抓以外，每一个人、每一个学生都要重视体育课，重视锻炼身体，这是十分重要的。一到上体育课就懒洋洋的，那永远也锻炼不好身体。外国人设置了许多体育馆，安排了许多体育设备，许多年轻人下班后就到那里去锻炼，所以他们的肌肉都很发达，抵抗能力强，我们中国也要加强这方面的建设，增加人们进行体育锻炼的条件，普遍提高人们的身体素质，那样我们全面提高全国人民的健康水平就指日可待了。

# 创作——个性和感情

## ——学习庐隐《创作的我见》一文札记

庐隐在《创作的我见》一文中写了什么样的人才能有所创作。她讲了两点：一是他必须是有个性的；二是他必须有丰富的感情。我感到这两条确实是非常重要的。每篇创作都必须要有自己的个性，即自己的特色，这才能算是创作。你写的东西和别人写的差不多，千人一面，千篇一律，这算什么创作？即使是对同一件事物，也由于各人对事物的看法不同而写出不同的文章来，这就是个性、特性。否则就是模仿、抄袭。

再说一篇文章要写得丰富多彩，首先自己的思想要丰富多彩，要充满激情、热情，才能写出丰满、丰美的作品来。如果你的脑子空洞洞的，死气沉沉，对世界事物，对国家的建设、人民的痛痒漠不关心，你能写出丰富多彩的作品来吗？显然是不可能的。

一个创作者要是具备这两个条件也并不容易。首先，他必须学习、阅读、吸收别人的智慧；其次，他必须深入群众，有丰厚的阅历，甚至饱经沧桑，他的作品才更能有血有肉，有针对性，言之有物。

庐隐说：创作的作品是提供人们精神食粮的。这当然不错，但如果说完善一点，它是给人指明方向的。一篇好的作品，能够充分调动起人们的积极性，促使人奋发向上，投入祖国建设的伟大洪流中；而一部晦涩的作品，把世界写得一无是处，只能使人灰心丧气，失去信心，不求上进，坐以待毙。所以说一位创作者的责任重大呀！不要写了几篇文章、几本书，就洋洋得意，自以为自己是一个创作者了，是一个作家了，先要问一问你的作品对社会起了多大的作用。

# 吹牛不脸红

## ——学习庐隐《吹牛的妙用》一文札记

庐隐在《吹牛的妙用》一文中对各种吹牛者描写得惟妙惟肖，入木三分，看了令人捧腹喷饭，又万分气愤。唉，世界上竟有这等人呀？这算什么人呢？这是人吗？是的，世界上就有这等人，这也是一种人，是另一类人。

世界上吹牛的人，古今中外，大有人在。究其产生的原因，可以归结为两大类：一是现实需要，二是能捞到好处。现实需要是很明显的，吹牛能使自己提高身份，不让别人看不起，在这个以地位、财富来分辨一个人价值的社会里，吹牛是极有用处的。吹牛能让自己捞到好处也很明显，以假乱真，假的可以变成真的，你就可以呼风唤雨，升官发财，左右逢源，独占鳌头。吹牛者有一个看家本领就是脸不变色心不跳，管你怎么看我，我捞到好处就行，吹牛不需要成本。

吹牛有一定的社会基础。如果世界上只有几个吹牛的人，而广大的人民不吃这一套，则这帮吹牛者也无从施其伎。正因为世界上

有那么多人吃这一套，他们才能施展其伎俩。有两类人吃吹牛者这一套。一是主动者。吹牛者对我有好处，能帮我敛财、高升，我何乐而不为，这叫做狼狈为奸，两类人实是一丘之貉。二是被动者。受骗上当的人经不起诱惑，他说得天花乱坠，不由得我不信，于是我把我剩下的一点钱全交给了他，以为能得到更大的好处，其实是有去无回啦。

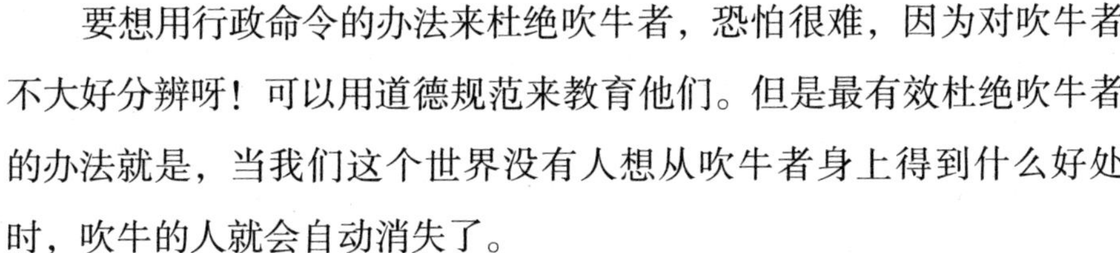

要想用行政命令的办法来杜绝吹牛者，恐怕很难，因为对吹牛者不大好分辨呀！可以用道德规范来教育他们。但是最有效杜绝吹牛者的办法就是，当我们这个世界没有人想从吹牛者身上得到什么好处时，吹牛的人就会自动消失了。

# 三个小皮匠，顶一个诸葛亮

## ——学习吴伯箫《黑红点》一文札记

吴伯箫《黑红点》一文是记述敌占区人民对汉奸、伪军发出的一种紧箍咒，有效地迫使一些汉奸、伪军少做坏事，做些好事。

敌占区的那些汉奸、伪军，其中有不少人是受到敌人的威胁利诱，为了活命，不得已而为之；甘心为虎作伥，残害自己同胞的，究竟是少数。正因如此，敌占区人民发明了一种心理战来对这些汉奸、伪军做出一些警告。办法是村民们立了一本坏人的名册，即汉奸、伪军人名录。哪个人做一件好事，在他的名字下点一个红点；哪个人做一件坏事，在他的名字下点一个黑点。这个主意一出，居然起到了作用。一些还没有丧尽天良的汉奸、伪军，为了让自己留一条后路，不得不收敛一点自己的罪恶行径，而向村民们示好。有的汉奸、伪军，有意无意地戴罪立功，为百姓做一点好事。有些人表示我是身在曹营心在汉，我将来会反正的。有的汉奸在日本人面前点头哈腰，在村民面前把日本人骂得狗血喷头，说将来一有风吹草动，我定要反戈一击，保护村民。有的汉奸、伪军的家属也坐不住了，惶惶不可终日，不断地向做汉奸、伪军的儿子、孙子喊话，叫他们不要再干了，留一条活路，将来还要靠你们过活哪！

由此看来，惩罚不是唯一的办法，惩罚与教诲相结合才是好办法。乡民们是懂得心理学的，知道这些伪军、汉奸也是色厉内荏，成天提心吊胆过日子，所以采取了“黑红点”这个攻心的战术，目的还是要挽救一个人，而不是把一个人推到死坑里去，是要削弱敌人的力量，增强自己的力量。谁说中国农村老百姓无文化，不聪明？三个小皮匠，顶一个诸葛亮，“黑红点”的办法不是诸葛亮，胜似诸葛亮！

# 画饼终究不能充饥

## ——学习孙福熙《画饼充饥的新年多吉庆》一文札记

孙福熙在《画饼充饥的新年多吉庆》一文中写道，他从小是学画的，所以他看待任何景象都联想到绘画。他看图片呀，看地方戏呀，看杂剧呀，看春联呀，等等，都与绘画联系起来。而每一幅图画都与荣华富贵挂上钩，譬如说“吉祥如意”呀，“连（莲）年有余（鱼）”呀，“福寿双全”呀，“金银满园”呀，“玉堂富贵”呀，等等。作者深感大家都这样说，但实际上20世纪二三十年代，军阀混战，民生凋敝，哪来的那么多吉庆如意、金银满园呀？所有这些都仅仅是画饼充饥而已。

从那个时代到现在，已过了90多年，几近一个世纪。人们依然看到那些景象、画面和语言，小孩骑在鱼身上，象征着鲤鱼跳龙门、连年有余，依然充满着“吉庆如意”“恭喜发财”“福寿双全”等美好的祝词。然而它的内涵却有了本质的不同。那个时候人们说着吉祥的话而实际过着穷困的日子，所以仅仅是画饼充饥而已。而现在我们的国力有了很大的增长，我国的经济体已经跃至世界第二位，我国人民手中真的有钱了。当然，不是说我们已经很富有了，但是我们现在确实已经不是画饼充饥，我们的生活水平真的提高了。抚今追昔，深深感到两个世界两重天呀！

画饼充饥只是一个形象的说法，画出来的饼终究不能充饥，只是劳苦群众的一种向往和祈求而已，有钱人是不会有这种想法的。本文作者用“画饼充饥”四个字来反映那个时代人们的遭遇，可以说是匠心独运。从画饼充饥到真的有饼充饥，这是一个多么艰难漫长的历程！中国人很幽默，也很实在，我们不要画饼充饥，我们要的是真能充饥的饼。所以现在中央领导总是说要给老百姓“实实在在”的利益，这是符合人们的实际要求的。

# 夫妻是一种共享

## ——学习石评梅《狂风暴雨之夜》一文札记

夫妻关系什么最珍贵？不在于他们处在顺境下过着富裕的生活，而在于他们在困境下能够相互关照，相互体贴，风雨同舟，矢志不渝。石评梅和她的丈夫高君宇之间就是这样。高君宇是一个革命战士、早期共产党员，他在国民党统治区域从事革命工作，冒着很大的风险，随时有被敌人抓捕杀害的危险，而且他的身体又不好，经常生病；石评梅的身体也不好，是一个多愁善感的女子。然而他们的爱情却始终不渝，而且一天高似一天，直至最后，他俩的爱情始终如一，弥足珍贵，令人敬佩。

有人说：夫妻之间最珍贵的是“爱”。不错，是爱。但是爱也还是一个抽象的概念。怎么个爱法？爱她的年轻美貌吗？但是一旦她老了，不美丽了，你对她的爱是不是还那么深呢？你爱他的才华吗？如果他渐渐老了，江郎才尽，比他更出色的男人有的是，你还那么爱他吗？如果是爱他的财富，爱他的地位，那就离爱更远了。

夫妇之间的爱最可贵的还是有福共享，有难同当呀！常见一些青年男女，结婚前爱得死去活来，满口甜言蜜语，一生一世，是多么地狂热，多么地令人羡慕呀！但是一结婚，随着时光的飞逝，境况的变迁，这种爱渐渐地消退了，一言不合就吵架，吵架不够就离婚。有时候，男的贫穷了，生病了，女的不堪重负，不辞而去；男的呢，看到妻子年老色衰，就外出采花，弄个第三者或二奶，把妻子置之于旁门之外。原来的爱到哪里去了？这种能算是爱吗？不能算呀！

一个人活在这个世界上，随着风雨沧桑，环境变化，可能遇到许多不同的情况，原来家境比较殷实的可能变得一贫如洗，原来身体强壮的，也可能得了重病。在这种情况下更是需要得到对方的关照和爱护呀！而就在人家最需要你的时候，你不告而别，这哪里谈得到什么爱情，连一般的朋友关系都不如。

中国过去讲女子嫁人后从一而终，固然不必规定得那么死，但夫妻白头到老，恩爱如初，终究令人羡慕。而现在则是合则聚，不合则离，视婚姻如草芥，美其名曰婚姻自由，其实是自欺欺人，自骗骗人，一点价值都没有。读了石评梅的许多文章，深为他们俩坚贞的爱情所感动，为所谓“自由世界”的这种婚姻自由感到悲哀。

# 作揖主义也是一种无奈

## ——学习刘半农《作揖主义》一文札记

刘半农写的所谓“作揖主义”，实际就是敬而远之的意思。对于各种各样的来客，与我意见不同的，我也不跟他们争辩，因为争辩也没有用，我的意见已经在报刊上发表了，人所共知，何必在这个时候谈，所以只好在听了对方的谈论之后，向他作个揖，礼貌性地向他道别了。

他特别提出了有一种人，随风使舵，口是心非，是最要不得的。这种人原来不赞成某种观点，但一见这种观点占了上风，他就立刻改变原意，转而表示他赞成这种观点了，而且说他从来就是赞成这种观点的，表明他是如何的远见卓识，先知先觉。

这种人实际上是一种文化骗子，或政治掮客，你来访问我，我跟你有什么好谈的呢？但是既然你现在已经反水，那总是好事，我也向你作个揖，很有礼貌地请你回去吧！这种待客之道看起来很可笑，实际也是一种无奈中的无奈吧！

但是，从另一面看，人类的智慧、认识总有差异，有的觉悟早，有的觉悟晚，有的不觉悟。晚觉悟总比不觉悟好。不怕晚觉悟，只怕不觉悟。早觉悟的总是少数人，晚觉悟的总是多数人，也还有一些顽冥不灵、始终不觉悟的呢！所以说要“唤起民众”呀！凡事要靠大家干，光是几个早觉悟的人能干得起来吗？不能拒人于千里之外，孤芳自赏，恃才不能傲物呀！

# 有过就改，语重心长

## ——学习李叔同《改过实验谈》一文札记

李叔同《改过实验谈》这篇文章借旧历新年家家户户挂春联喜庆之机，从佛学、儒学的角度着重谈了一个“新”字，就是改过自新。所谈的事具有普遍性。全文分为两类：一类是总论，一类是别示。

“总论”讲了三层意思：一是学，二是省，三是改。“学习”了才能分清善恶，否则连什么是善、什么是恶都分不清楚，何谈改过自新。“省”就是自我反省，就像曾子说的“吾日三省吾身”，究竟哪些做对了，哪些做得不对，心知肚明。“改过”是一件光明磊落的事情，不怕你有过，就怕你不改过。

“别示”就是分别宣示。作者主要讲了自己50年来改过忏善的事情，共说了十条：一是虚心，二是慎独，三是宽厚，四是吃亏，五是寡言，六是不说人过，七是不文己过，八是不覆己过，九是闻谤不辩，十是不瞋。这十条具有普遍意义，如果每个人都能比照此十条做去，何愁不能改过自新？作者认为改过的事说起来容易，做起来却很难，以致有些人屡犯屡改，屡改屡犯，不能自已。

改过也是一桩实验，必须身体力行。就像抽烟一样，有的人抽了戒，戒了抽，抽了又戒，戒了又抽，直到他生了一场大病，几乎要死了，这才下决心，从此不再抽烟。改过首先要充分认识到它的危害性，不改就要大祸临头了，才能下决心去改。

不要以为自己一切都对。自己没有什么过失、错误，那还谈什么“改过自新”，依旧故我就是了，这篇文章的主要意思大概就在于此吧！

关于用什么方法来改过，作者提出了十条改过之法，看来并没有什么不妥，不能认为时代不同了，这种改过方法也过时了。细细琢磨这十条改过方法，与现时大家的认识似乎没有太大的分歧。谁又提出了什么改过的新招呢？

改过是需要有勇气的，没有勇气改不了过。李叔同这篇文章的题目叫做《改过实验谈》，看来这是他改过的经验之谈，不是凭空想象出来的。有过就要改，改了就轻松了。难道我们要带着“花岗石脑袋”钻进坟墓吗？

# 陪父环行

## ——学习柔石《V之环行》一文札记

柔石的《V之环行》，写的是饭后散步遇到的几件小事，实际是写出一个“变”字，以小见大呀！

那个卖糖块的老婆婆，大概是因为年纪太大了，衰老而离世了吧！这是一种自然现象。那个纸店的中年商人，成天拨弄着几粒算盘珠，他的喜悦和悲愁全都寄托在那几粒算盘珠上，因为这是他维持自己和一家老小生命之大计。虽然他进进出出的钱非常有限，却不能不予以足够的重视。还有那几个小姑娘和一位小弟弟，为什么多日不见了呢？或许他们中有的已经长大及笄出嫁了吧！或许他们在上学，或许他们跟大人外出了，他们还小，要听大人的话，不能自己掌握自己的命运。

所有这一切都体现了一个“变”字，不是变好，就是变坏，不可逆转呀！这本来是一种常规。然而这种变，却引起了本文作者柔石的一种惶惑。他再也不愿意看到这种日常显现的事情，他要搬家，他要看到一种新气象。

读了柔石的文章，不禁想到了我们家。母亲生前和父亲也经常到外面去散步。现在母亲不在了，父亲仍经常外出散步。父亲常常讲他们老两口外出散步的情景。

父亲说：“我们家大院的外面一条小马路的人行道很宽，靠院墙的一边一溜儿地种了许多花草树木，我和你母亲就是沿着这条花径踯躅前行的。春天，花开的季节，你母亲最爱梅花，她总是最早发现墙边的梅树开花了，有深红色的，浅红色的，也有红白相间的，多么美丽呀！她笑着带着赞美的神情说话感到心旷神怡。”

“再往前走几步就是杨柳树，而我最喜欢的就是垂柳，五棵垂杨柳长得挺拔优美，柳枝已经很长了，几乎要垂到地面了，我们每走到那里，总能摸到垂柳的枝叶，柔软而坚实，就像一个亭亭玉立的少女婀娜多姿，低着头，在寻思什么呢！”听父亲说的话，似乎母亲更爱美，而父亲的心情则更带有一点诗意。

父亲说：“那个时候，可能是我和你母亲心情最好的时候，可是现在这种心境一去不复返了。现在我还常常饭后出去散步，还是原路，但不是两个人，而是一个人独步。每年的春季，梅花依旧绽开，那五棵杨柳树也愈长愈繁茂。可只有我一个人欣赏。这种心情和两个人欣赏有很大的落差，这就是变。可这有什么办法呢？谁能阻挡这种变？”父亲说这话时带有一种惆怅的神情。

父亲接着说：“你母亲退休后最大的感觉就是寂寞。我那时候还没有到退休年龄，退休后又被返聘了十年，在这漫长的岁月中，你母亲一个人在家，一天到晚，一年到头，整个白天没有人说话，就这样孤单地生活下去，多么冷清呀！她曾对我说：你不要再去上班了，在家陪陪我吧！我那时竟一点也没有领会她的孤独感，仍欣然去上班。一直到她去世，我也退休后才感觉到她的孤单和寂寞。唉，

我怎么一点也不理解到她的心情呢？是不是太残酷了呀！现在后悔已经来不及了。”父亲说这话时眼眶里显然有一点润湿。他又补充了一句：“这是我一生中最对不起你母亲的地方。”

父亲说的这些话，看似很平凡，细小，但是充满了感情。人们的感情都是从这些不起眼的事情积累起来的。父亲和母亲在岗位上时都努力工作，受到同事们的尊重和尊敬，他们为我们做出了榜样，母亲已经去世快十年了，父亲也已很老了，每想到他们的慈容，总使我们感到一种内心的不安。父亲常说：“我现在的心情很平静，因为你们工作都很好，我没有遗憾了。”老父亲一生非常淡泊和宽容，现在剩下的时间已是不多了，在他的有生之年，我们用什么来安慰他呢？给他多少钱没有用，他不缺钱；送他多少礼物没有用，他生活很俭朴，衣食不愁。他最需要的是精神上的抚慰。而我们努力工作，在工作上做出成绩来，就是对他最好的精神上的抚慰，我要说一句：父亲，我们会好好干的，您放心吧！祝您身体健康。

# 童年——深深的梦

## ——学习冰心《梦》一文札记

冰心幼年时跟着她在海军中服役的父亲，登上兵舰，穿着军服，佩着军刀，骑在马上，威风凛凛。她会打鼓，会吹喇叭，知道毛瑟枪里的机关，会将很大的炮弹放进炮腔。她对平常女孩子所喜好的事感到琐碎烦腻，一点也不爱，这就是冰心童年时期的写真。然而十岁回到故乡，换上了女孩子的衣服，恢复了女儿情性；用五色丝绒，做成好看的活计；香美的鲜花插在头上，她也变成了一个普通的女孩子啦！她纠结生命如圈儿般的循环，从将来又走向过去的道路，她感到无聊。

从“横刀跃马的小军人”到“执笔沉思”的名作家，原本是一个人，只是时代将这些事隔开罢了。可以说，是时代造就了一个人，时代改变了一个人。所以冰心把它称之为“一个深刻的梦”。

每个人都有童年，都有童年的梦想。但是有几个人能够真正实现自己童年的梦想呢？我们的时代应该给青少年造就追梦的良好氛围、条件，使每个人的天性都能得到最大的发挥，使各种各样的优

秀人才能够脱颖而出。现在全国人民都有一个更大的梦，就是中华民族伟大复兴的梦，实际上也是千百万老百姓最关心、最现实的梦。伟大的中国梦和个人的梦是一致的。让我们每个人都把自己的工作、生活跟国家的这个强国梦紧密地结合在一起，自觉地把自己作为中华民族振兴过程中的一个积极参与者、开创者。这样，梦想就会变成现实，国家才能真正富强起来，我们才不愧是这个伟大民族的一个子孙。

冰心在她另一篇名为《胰皂泡》的散文中说她小时候喜欢吹胰皂泡（即肥皂泡），但胰皂泡一吹上去就破裂了，像是做了一场昼梦，即白日梦。人不能总是生活在像肥皂泡那样的白日梦里。让我们抛弃白日梦，踏踏实实地多读一点书，多长一点知识，多做一点实事，多关心一下身边有困难的朋友，多锻炼一下身体，让自己更加充实起来，为国家多做一点贡献。

梦，其实是一种追求。梦是要人去追的，不是像人睡着了，做什么梦就是什么梦，那这个梦就没有意义了。梦不是一种自然现象，而是一种改变的目标和憧憬，激励这个人努力奋斗去实现这个目标。我们现在说的梦，是国家的大事，个人的大事，每个人都要做符合情理的梦，不能等闲视之呀！

# 离愁和慰安

## ——学习冰心《寄小读者（通讯七）》一文札记

冰心《寄小读者（通讯七）》是一篇写景和抒情的散文。作者写了出国旅游首途的情景，写了海，写了湖，写了人，写了情，写了离别，写了远离祖国家园游子的一份珍贵感情，文字优美，情真意切，读了令人思绪万千。

读了这篇通讯，我很快回想起自己十六七岁离家参军的情景。在“抗美援朝，保家卫国”伟大号召下，我们学校（初中三年级）同学大部分都“投笔从戎”了。在强大的爱国热情感召下，家里边是支持我们的。当我慷慨激昂、兴高采烈地背着背包，告别父母、兄弟姊妹离开家门时，母亲饱含热泪，依在大门口一角，眼巴巴地望着自己心爱的女儿远去；姐妹们一声声“到了那里快来信啊”的频频叮嘱，此情此景至今犹历历在目。唉！我当时是多么的不懂事呀！连一句安慰老人家的话也没有说，我可曾想到父母亲和兄弟姐妹们是多么地担心、难过呢！至今想起来还追悔莫及。

人生大凡要经历无数次相聚、离别。相聚是美好的，离别则有

各种各样的痛。正如冰心在另一篇文章中说的："生命中不是只有快乐，也不是只有痛苦，快乐和痛苦是相生相成，互相衬托的。"这就是真真切切、实实在在的人生！让我们珍爱、拥抱相聚的美好时光，让它保持得更长久些。

# “因为你是我的女儿”

## ——学习冰心《寄小读者（通讯十）》一文札记

冰心写给小朋友的通讯十，主要是写了她母亲，写她和母亲的爱。作者说：她在家时常常喜欢挨着母亲，要母亲讲述她小时候的故事。

母亲讲冰心小时候的故事，大多是生活上的一些小事：出生三个月的时候怎么啦！弥月的时候怎么啦！生病的时候怎么啦！什么时候会说话啦！怎么梳小辫儿啦！怎么跟着父亲到兵舰上去啦！这是母女之间弥漫着的一种“痴和爱”。

母亲凝神，女儿也凝神。“宇宙没有了，只有母亲和我，最后我也没有了，只有母亲。”对呀！“我本来是母亲的一部分。”母亲讲女儿小时候的故事，看起来说了很多，实际上只是母亲意念中的百分之一，千万分之一，因为母亲讲的都是爱，而这种爱是永远也讲不完的。

母亲为什么要这样爱自己的女儿呢？母亲说：“不为什么，只因为你是我的女儿。”这句话有千斤重。“她爱我的肉体，爱我的灵魂，爱我的前后左右、过去、将来、现在的一切”，“她对我的爱是不能用斗或者尺来衡量的，她对我的爱不因万物毁灭而改变”。她认为世界便是这样建造起来的。因为她爱我，所以也爱天下的儿女，更爱天下的母亲。冰心写的她和母亲之间的爱是多么的自然，多么的真切，多么的天真，多么的纯洁，完全发自内心，没有半点虚假和矫揉造作。冰心写母女之间的爱，淋漓尽致，体贴入微，就像我自己小时候和母亲在一起的时候一样，令人依恋。

这些事看起来都是一些小事，似乎不值一谈，然而父母对子女的爱都是由这些无数的小事编织起来的。你还很小，你懂得什么大事呀？你要你父母从小就跟你讲经国大事吗？不可能呀！不要小看了这些小事，如果没有这种点点滴滴的爱，你可能就长不大，正是这种细小的爱抚育你成长壮大呀！

父母对子女的爱不是放在嘴边上的，不是用言语表达的，而是用行动来表达的。无声的爱才是真正的爱，出自内心的爱，不能摇撼的爱，所以它是最伟大的。

父母对子女的爱是这样，而子女对父母的爱又怎么样呢？很难说。有人说：子女在小时候一切都依赖父母，所以最爱父母亲；长大了，恋爱了，结婚了，这时候，妻子或丈夫的爱是第一位的，对父母的爱放到其次；再下去，有了孩子了，对孩子的爱又上升到第一位，其次是丈夫或妻子，对父母的爱又放到了下一位。这似乎是一种自然规律或因果循环，符合情理。但是，不管在什么时候，什么情况下，父母对自己的恩德是不能忘记的，因为没有父母便没有我自己，没有我其后的一切。孟郊的诗：“慈母手中线，游子身上衣。临行密密缝，意恐迟迟归。谁言寸草心，报得三春晖。”让父母亲在世时得到一点心灵上的安慰，这是对父母最大的爱，也是父母最需要的爱。通讯最后叫孩子们也都偎依着母亲听母亲讲自己小时候的故事，虽然是一种寓意，却包括了很深刻的内涵！

# 把蒲公英编成王冠

## ——学习冰心《寄小读者（通讯十七）》一文札记

通讯十七中，冰心赞美了蒲公英。蒲公英是一种“平凡的草卉”，很不起眼，而冰心却用黄丝带把它缀起来，编成“王冠”，为她心目中的女王加冕。这是为什么？用作者的话说：“世上的一切事物，只是百千万面大大小小的镜子，重重对照，反射又反射，于是世上有了这许多璀璨辉煌，虹影般的光彩。没有蒲公英，显不出雏菊；没有平凡，显不出超绝。而且不能因为大家都爱雏菊，世上便消灭了蒲公英；不能因为大家都敬礼超人，世上便消灭了庸碌。即使这一切都能因着世人的爱憎而生灭，只恐到了满山满谷都是菊花和超人的时候，菊花的价值反不及蒲公英，超人的价值反不及庸碌了。”这个道理说得多么透彻精彩！

社会上拥有许多靓丽耀眼的明星，将火箭发射升空的科学家，他们和她们得到许许多多人的敬爱，这是情理之中的。但是，我们也不能忘却千千万万工人、农民、售货员、环卫清洁工们对国家社会所作的贡献。如果大家都去做演员、科学家、工程师，那谁给我

们造屋、做饭、种田种菜？我们吃什么？穿什么？用什么呢？没有人扫大街，我们的城市就会臭气熏天。是工人、农民用他们的辛勤劳动换来了一个又一个美丽的春天。他们都很平凡，但平凡中透着伟大、“超绝”；他们的劳动具体、细小，但很实在，在实在中透着荣光。这种再也简单不过的道理，是不是每个人都明白了呢？恐怕不一定吧！现在社会上鄙薄、侮辱工人、农民，特别是环卫工人的事常常出现，并见诸报端。那些热衷于捧明星、傍大款的人们问一问自己，是否把工人、农民、售货员、环卫工人放在自己的心间？冰心能为蒲公英加冕，我们能否也为这些最底层的人多送一份温暖和关爱？

冰心说得对，没有平凡，哪来的超绝。如果世界上的人都超绝了，平凡就没有了，那还叫什么超绝？超绝就显得平凡了，超绝就是平凡了。超绝和平凡只是一个相对的名词，并不是绝对的。相对来看，有所谓的超绝、平凡；绝对来看，就无所谓超绝和平凡。你觉得自己很超绝吗？如果没有平凡，你哪来的超绝？

这篇通讯最后用“一物有一物的长处，一人有一人的价值”这样的结语提倡博爱，不搞偏爱、偏憎；提倡平和、和平、和谐。是呀！这对于我们建立一个真正友善、友爱、相互尊重的良好社会风气多么重要呀！

# 泰山日出的神奇

## ——学习徐志摩《泰山日出》一文札记

猛一看到徐志摩《泰山日出》这篇文章，不禁有点吃惊。一个在西方诸多大城市逗留过多少年、喝了多少洋墨水、满脑子浸透了西洋文化的一位中国自由派青年，竟然会对孔子的故乡、泰山的日出感起兴趣来，专门写出一篇文章记了这件事，而且以此作为一件礼品赠送给印度作家泰戈尔。

仔细琢磨了一下，自己把自己就问住了。喝了很多洋墨水的人，并没有就变成洋人，他还是中国人。假如按照喝了洋水就变成洋人的话，那不知有多少中国人变成了外国人，于理也是说不通的。

其实，中国和外国有许多不同的地方，也有许多相同或相通的地方，有一些则是完全一样的。譬如太阳总是从东方升起，西方落下；人总要吃饭拉屎；人会说话而狗不会。那么徐志摩登泰山看日出，这是他过去从来没有看见过的壮观，他为此而感到兴奋雀跃，这有什么不可以理解的？只有那种认为外国的太阳从东方升起而中国的太阳不是从东方升起、外国的月亮比中国圆的人，才被认为是

无知，不是人，连畜生都不如。鸡见到天发亮了就要鸣叫几声，难道人不如一只鸡吗？

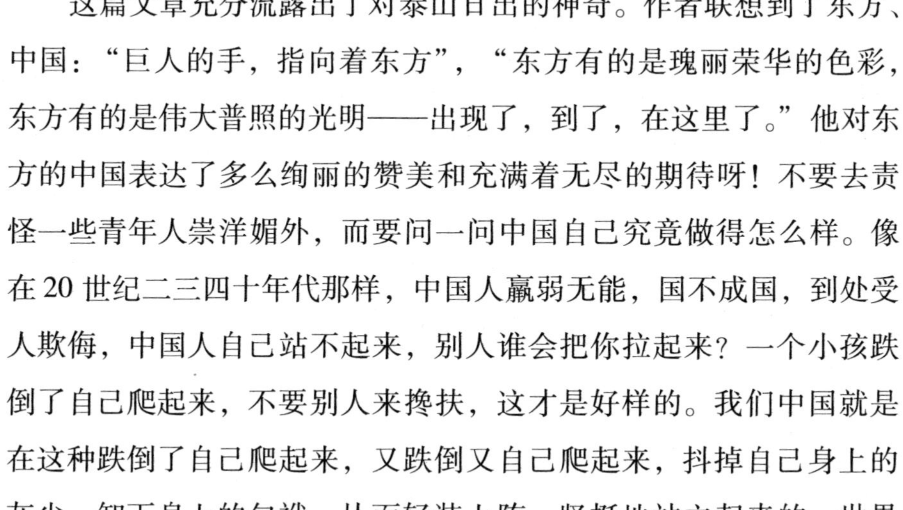

这篇文章充分流露出了对泰山日出的神奇。作者联想到了东方、中国：“巨人的手，指向着东方”，“东方有的是瑰丽荣华的色彩，东方有的是伟大普照的光明——出现了，到了，在这里了。”他对东方的中国表达了多么绚丽的赞美和充满着无尽的期待呀！不要去责怪一些青年人崇洋媚外，而要问一问中国自己究竟做得怎么样。像在20世纪二三四十年代那样，中国人羸弱无能，国不成国，到处受人欺侮，中国人自己站不起来，别人谁会把你拉起来？一个小孩跌倒了自己爬起来，不要别人来搀扶，这才是好样的。我们中国就是在这种跌倒了自己爬起来，又跌倒又自己爬起来，抖掉自己身上的灰尘，卸下身上的包袱，从而轻装上阵，坚挺地站立起来的。世界上没有现成的饭好吃，饭要自己去做才能吃到！时代不同了，只要我们不忘记自己是一个中国人，就什么都好办；如果忘掉自己是中国人，那么连自己是不是一个人都说不上，还能有什么呢！

# 飞，直上云霄

## ——学习徐志摩《想飞》一文札记

徐志摩对飞作了生动的描绘。“啊，飞！不是那在树枝上矮矮的跳着的麻雀儿的飞；不是那凑天黑从堂匾后背冲出来赶蚊子吃的蝙蝠的飞；也不是那软尾巴软嗓子做窠在堂檐上的燕子的飞。要飞就得满天飞，风拦不住云挡不住的飞，一翅膀就跳过一座山头，影子下来遮得阴二十亩稻田的飞。”“飞出这圈子！”“到云端里去！”“飞上天空去浮着，看地球这弹丸在太空里滚着，从陆地看到海，从海再看回陆地。凌空去看个明白——这才是做人的趣味，做人的权威，做人的交待。”“飞：超脱一切，笼盖一切，扫荡一切，吞吐一切。”说得多么的酣畅淋漓，胸怀壮阔。

我们中华民族，正是有飞的理想，才会提出实现百年强国梦的伟大目标，指引着全国人民奋勇向前。航天工作者正是有飞的理想，才会千辛万苦，经过千百次试验、失败、再试验，成功地把卫星发射到月球上空，目睹“嫦娥”的真容。海洋工作者正是有飞的理想，才会想到要到“龙宫”里去探个究竟，让蛟龙号深海探测器深入海底，创造了世界第一。飞，既是一种想象、幻想，也是一种现实、追求。只有想飞，才能飞得起来，如果没有想飞的念头，怎么会飞得起来？飞，要翅膀硬；翅膀不硬也是飞不起来的。我们人类正是有想飞的豪情壮志，才会创造出这光辉灿烂的现代文明社会。天高任鸟飞，水深凭鱼跃，谁也挡不住你的飞，就看你自己的努力啦！

# 从模仿到创新
## ——学习郁达夫《说模仿》一文札记

郁达夫在《说模仿》这篇文章中批评有些中国人学习外国，只模仿表面，不讲实际；只模仿人家的坏处，不学习好的方面。这种情况现在还有没有呢？还真有。如有的地方热衷于模仿外国建筑。有一次，我出差到某省会城市，在公路边忽见一个规模巨大的荷兰村。什么风车呀，尖顶房屋呀，郁金香呀，一应俱全。试想这么大的一片建筑群，得花多少钱！我问当地的同志，有人住进去吗？那同志嘿嘿一笑："寥寥无几。"这就是模仿的结果，谁愿意住到那风车边上去呢。最近报载上海也出现了西班牙小镇，还有什么白宫式建筑，等等。南方某市在山顶上建了一个观音塑像，于是乎不少省市也纷纷效仿，或山顶，或山腰，一座座玉石的、铜的观音像巍然屹立，其目的无非是为招揽游客而已，有什么价值？

模仿本来没有什么不好。临帖、临摹，不都是模仿吗？从模仿开始，慢慢有了自己的创作。所谓"熟读唐诗三百首，不会作诗也会吟"。当然，模仿应该是模仿好的东西，而不是模仿坏的东西。但

是，仅仅模仿是不够的，更重要的是要创新。中国古时候有所谓“邯郸学步”的故事：战国时有一个燕国人到赵国都城邯郸去，看到那里的人走路姿势很美，就跟着人家学走路，结果不但没有学会，连自己原来走路的方式也忘掉了，只好爬着回去。后来人们譬喻模仿别人不成、反而丧失了原有的技能，叫做“邯郸学步”。

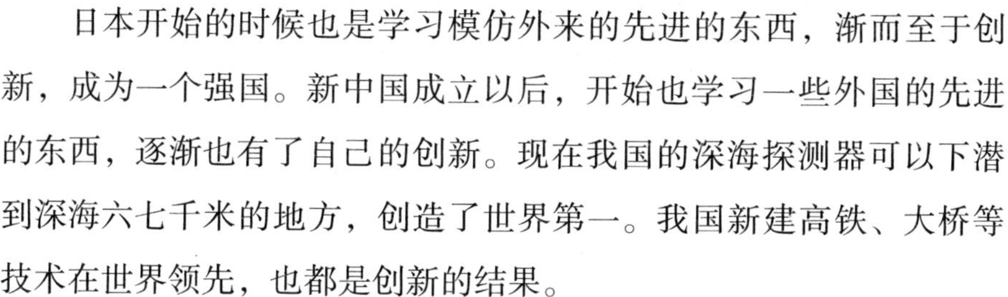

日本开始的时候也是学习模仿外来的先进的东西，渐而至于创新，成为一个强国。新中国成立以后，开始也学习一些外国的先进的东西，逐渐也有了自己的创新。现在我国的深海探测器可以下潜到深海六七千米的地方，创造了世界第一。我国新建高铁、大桥等技术在世界领先，也都是创新的结果。

有时候学人家的好处、长处，把人家的短处、坏处也带进来了，这不是有意识的，而是无意识的，不是任心要去学人家短的坏的方面，有时候往往是难以拒绝，难以招架的。所以说学习、模仿要结合中国的国情，要有中国的特色，而不是照抄照搬，任何国家都这样。不要看学习、模仿似乎很简单，一点也不简单呀！他是要绞尽脑汁的。

从模仿到创新既是逐渐进行的，也是一个跃进。模仿不是依样画葫芦，创新不是空中楼阁。模仿是学步，创新是领跑。我们现在模仿也还不够，创新也还不够。但是郁达夫所说学表不学里、学坏不学好的时代已经一去不复返了，我们正在努力创造中国“两个一百年”。

# 北京——秋天的魅力

## ——学习郁达夫《故都的秋》一文札记

“我的不远千里，要从杭州赶上青岛，更要从青岛赶上北平来的理由，也不过想饱尝一尝这‘秋’，这故都的秋味。”文章一开头就开门见山，让我们充分体会到作者郁达夫是何等钟情于故都的秋味。不过那时候是古都，现在则是新中国的首都了，那时候称北平，现在则叫北京。

作家接着阐述已有十年不在北京过秋天了。在南方每年一到秋天，总是要想起北京陶然亭的芦花，钓鱼台的柳影，西山的虫唱，玉泉山的月夜……这芦花、柳影、虫唱，是秋天里大自然给人类的瑰宝，让作家深深地怀念和珍爱，以至于非得从千里之外跑到故都来饱尝一尝这个味道不可。

令人烦恼的暑热刚刚退去，迎来初秋的清凉。作者早晨起来，泡上一碗浓茶，往院子里一坐，听着响鸽从头上飞过；从槐树缝隙洒露下来一丝一丝的阳光，照在身上不冷不热；赏赏身边各色的牵牛花，该是何等的惬意！

北国特有的槐树，此时正是落花的季节。早晨起来，看那似花非花的落蕊铺满一地，脚踏上去软软的，既无声，又无味，有一种说不出的情趣。我现在住的小区门外的一条小马路，也是一到秋天，槐花落满一地，每天外出晨练都要踩到它。因为听说槐花是一味中药，总想让环卫工人清扫后收集起来送到药店去，这不是一件双赢的好事吗？每每这时，我都要找花比较少的地方落脚，唯恐伤了它。

秋蝉鸣叫起来已不如夏日那样的烦人。说起蝉，这里给大家说一件人、蝉对话的故事。大约是去年七八月间的一天，临近中午，我正在书房里读书，忽然从远处飞来一只硕大的蝉，落在我桌旁的纱窗上，使劲地对着我叫。当时我老伴刚去世一年多，由于常常怀念他，我竟神经质地认为这是他化身来看望我了。我站起身来对它说：你是谁？是谁派你来看我的？那蝉居然一声不响了。我和它就隔着薄薄一层纱窗面对面地站着，约摸有十分钟的光景，它一振翅膀飞走了，你说可笑不可笑！

作者写北方的秋雨来去匆匆，以及故都熟人聊天时的“一层秋雨一层凉”的京腔，都是极具故都韵味的。至于秋天水果的丰富，特别是那橄榄似的鲜枣，是那个年代南方孩子们吃不到的。现在交通发达了，我想南方老百姓都能吃到又脆又甜的鲜枣了。近些年，秋天的红叶，又成为北京的一大景观，到时候本地和外地的游客蜂拥而去香山等地观赏红叶，真令人心旷神怡呀！

世上大多的文人墨客都爱秋，写出许多颂秋的文章，画出秋天的图景来。北京的人们更爱秋，秋实在是一年四季中最好的季节。难怪作家说，若能留得住秋的话，“宁愿把自己寿命的三分之二折去，换得一个三分之一的零头”。

啊！北京的秋就是有这么大的魅力呀！

# 走狗比主子还要厉害

## ——学习萧军《大连丸上》一文札记

萧军夫妇乘大连丸船启程前去青岛，遭一班无赖军警蛮横检查，恶意羞辱，令人气愤而又窒息。

从萧军《大连丸上》的文章至少可以看出四点：

一、那个时代（20世纪30年代），统治者虽然穷凶极恶，但色厉内荏，提心吊胆，不得不到处设防，遇到有怀疑的事和人，就盘问检查，吓唬你一下，求得暂时的安宁。他们哪里知道，你越吓唬人，人们越不怕你，越激起人们的怒火，最后是搬了石头砸自己的脚，把绳圈往自己的脖子上套，越套越紧，加速了自己的灭亡。

二、走狗有时候比主子还要厉害，残忍。所谓狐假虎威，狗仗人势，在主人面前卑躬屈膝，摇头乞尾，在老百姓面前耀武扬威，不可一世，其实只是为了混一口饭吃。要说可怜，倒是这些人很可怜；要说可恨，这些人最可恨。

三、祖国在哪里？萧军夫妇从东北到青岛去，以为是回到了祖国，但是那个时候的祖国怎么样？还不是"国破山河在，城春草木深”？祖国“朱门酒肉臭，路有冻死骨”，几家欢乐几家愁。人民在哪里有可以扬眉吐气、自由安宁的日子过？

四、人民什么时候能够觉醒？文章作者回到舱里看到与他同一席面上的一个老妖婆在吸鸦片，心里不禁一震。

唉！在那个时代，吸鸦片的何止这个老妖婆，成千上万呀！帝国主义者不仅用枪炮打破你的国门，而且用鸦片等这样的毒品来麻痹你的脑门。他们从物质和精神两个方面来征服你，使你俯首就擒。

哀莫大于心死。人心死了，就什么都没有了。像那些汉奸、走狗，那些抽鸦片的寄生虫，在全国终究还是少数。亏得我国人民的心还没有死，还没有完全死，还没有死绝。一批又一批的革命志士抛头颅洒热血，前仆后继，终于把那些杀人不眨眼的敌人和他们的奴才赶跑，才得有今天。想起那个时候的情景，既使我们无地自容，又使我们壮志满怀。黑暗总归有尽头，三军过后尽开颜。

# 从潦倒到温馨

## ——学习萧红《雪天》一文札记

《雪天》是萧红对当年贫穷窘迫生活的一个写照。她的住房仅有的一扇小窗很高，像“囚犯住的屋子一般”；大雪天就着清水啃馒头；直直地睡一天，那是因为肚子太空了。想向人借钱又借不到。我看着看着，不觉感到一阵心酸，一个很有才气的作家，就过着这样贫困的生活呀！

时代不同了，现在的作家生活决不至于这么潦倒了。前不久看到一篇文章，报道北京通州宋庄有一个作家村，那里空气清新，树木茂盛，周围一片花海。随作家意愿盖起来的四合院、小别墅，高贵典雅。春天鸟语花香，夏天凉风习习，秋日明月高照，冬日温暖如春。作家在那样温馨的环境下写作，大概文思可以大大增加吧！

想想我国新文化运动以来的许多作家，在极端艰难危险的情况下写出那么多优秀的作品，我们有理由要求我们现代的作家们写出更多更好的作品，编出更多更好的剧本，显示出一个美好的新中国，奉献给伟大的祖国和人民。

# 新正气歌

## ——学习方志敏《清贫》一文札记

《清贫》是方志敏烈士留给后人的一篇正气歌、清廉歌，它教育、激励无数共产党员、革命者前赴后继，英勇献身。

方志敏同志是中共中央的高级领导人，为苏区建设作出了重要贡献，可谓是共产党的“大官”。经过他手的款项，不下数百万元，这在20世纪二三十年代，是一笔不小的数目。但他在被捕时，国民党的士兵知道他的身份，满心想从他身上搜出千儿八百，或者金戒金镯什么的，但搜了半天，连一个铜板都没有搜出来。国民党士兵怎么也不相信，拿出手榴弹来威胁他。

方志敏淡淡地笑着跟他们说：你们看错人啦！我们共产党人革命不是为了发财，为革命而筹集的钱，是一点一滴用之于革命事业。方志敏这短短的几句话，多么地铿锵有力，闪闪发光。

回过头来看看当前被揪出来的那些高官们，他们大多也是共产党员，在党旗下宣过誓。原本国家已经给他们提供了优越的工作、生活条件：居住有高档房，出门有车坐，吃饭有小灶，他们理应一

心一意当好父母官，管理好事业，为一方老百姓谋福祉。而他们却视手中的权力为谋利的工具，中饱私囊，巧取豪夺，贪污金额动辄数十万、数百万、数千万，甚至上亿，成了可耻的罪犯。他们有什么颜面去面对像方志敏那样千千万万抛头颅、洒热血的革命先烈?

《清贫》一文我已读过多次，每读一遍，都被方志敏甘守清贫的崇高品格深深感动。正像方志敏所说的："洁白朴素的生活正是我们革命者能够战胜许多困难的地方!"不要以为我们现在已经很富有了，我们的征程还很长呢，我们国家还有几千万贫困人口，我们的前面还有许多困难，我们还有许多事情要做。我们没有被敌人的枪弹和糖衣炮弹打中，我们不能在自己制造的糖衣炮弹中毁灭呀!

文天祥在狱中写了《正气歌》，方志敏在被俘时唱出了新正气歌，威武不能屈，贫贱不能移，富贵不能淫，中国人民正是靠着这种浩然正气，一代传一代，千百年来巍然屹立在这个世界上。

# 披着狼皮的“文明”

## ——学习唐弢《拍卖文明》一文札记

文明本指人类社会发展到较高阶段，具有较高文化的一种进步状态，它的对立面就是野蛮、凶残。拍卖文明即是把文明当成一件待价而沽的商品拿去拍卖。唐弢在《拍卖文明》一文中提到了三件事：一是杀人魔王希特勒下令禁止虐待闭口动物；二是苏格兰事务大臣不准扰乱洛区尼斯的海兽；三是日本陆军大臣追赠最高功章给进攻北大营时阵亡的军犬。善哉，多么有爱心！多么讲文明！可是，人们不会忘记，就是这个希特勒，在进攻波兰、法国时，一次就派遣几百架飞机轰炸一个城市，那炸弹排山倒海地倾泄下来，城市一片火海，任何动物、植物都荡然无存，哪里还有什么文明？人们也不会忘记，以英国为首的帝国主义火烧圆明园，有多少文明瑰宝被付之一炬，化为灰烬！人们更不会忘记，日本帝国主义对中国人民烧杀抢掠，无恶不作，罪行累累，一句道歉的话都没有，却对那身上染有中国人民鲜血的军用犬大加激赏，这就是日本军国主义的文明。

对闭口动物、对海兽、对军犬恩泽、文明，而对人类极其残忍、野蛮。作者唐弢指出这是拍卖文明，真是恰到好处。人类的聪明才智用到这个上面，那不是文明的传播，而是文明赤裸裸的被毁灭和扼杀。

# 一木一石无名英雄

## ——学习夏衍《一木一石的精神》一文札记

在这纷繁复杂的世界上，什么东西最被人们，特别是青年们追捧？可能就是夏衍《一木一石的精神》一文中鲁迅提到的那种所谓“天才”“豪杰”或者“高楼的尖顶”“名园的美花”吧！而楼下的一块石头，园中的一撮泥土，人们都视而不见，充耳不闻。殊不知，木头、石头固然没有“尖顶”“美花”那样光鲜靓丽，但是什么地方、什么时候我们能够离得开它呢？高楼大厦不是靠一砖一瓦盖起来的吗？铁路桥梁不是靠一枕一木铺就的吗？它任由千人踩，万人踏，从不叫屈，从不喊怨。离了它们我们将寸步难行，一事无成。它们是真正的无名英雄。

鲁迅首先把自己当作一块石材、一撮泥土，而不是自视不凡，高人一等，以前辈、导师自居，好为人师。这恐怕也是人们对鲁迅尊重和尊敬的一个重要原因。

当今社会流行作秀，贵在有人吹捧。有的人到台上唱几支歌就成了歌星，写几篇文章就成了作家，收获甚丰。明明只做了三分工

作，却要人家承认他十分成绩。有人整天想着做出惊天动地的事业来，却不肯下点真功夫做成一件平常事，这就是缺乏“一木一石精神”。

我们要崇尚、发扬“一木一石精神”，认认真真做人，扎扎实实工作。在实现中华民族伟大复兴的中国梦中，作出我们应有的贡献。读了夏衍这篇《一木一石的精神》，不禁使我想起了这些。

# 吃苦耐劳也不能搞超负荷啊

## ——学习夏衍《超负荷论》一文札记

世界万事万物都有一定的负荷限度，超过这个限度，器物就要损坏，生命就要摧残。科学工作者们早就提出了这个问题，然而人们往往熟视无睹，照样地超负荷运转，超负荷工作。

在《超负荷论》中，夏衍讲的是20世纪三四十年代的事，时间已经过去了七八十年，今天，这种超负荷现象还有没有呢？真还有，可能还不少。例如报载电梯“咬人”事件，工人超负荷劳动，职工超负荷工作，学生超负荷学习等现象，屡有所闻。报载富士康公司中国员工由于忍受不了12个小时高强度劳动而跳楼自杀，足以骇人听闻。

超负荷运行大致有以下几种情况：一是供给不能适应需求。譬如乘车，乘客因有急事，急需搭车，但车票已经售完，乘客一再要求加座，并且认为不给办理就是不仁义，结果造成超负荷运行。二是超负荷运行老板能多赚点钱，就把安全置之度外了。三是缺乏科学头脑，认为超负荷运行可能造成危害，但也不一定造成危害，试

试看，碰运气。看来超负荷运行不仅是一个物质问题，而且是一个认识问题。国家的实力增强了，供给能够适应群众的需求了，超负荷运行的现象就可能减少，但更重要的是人们的思想认识问题，大家都认识到超负荷危及人们的生命财产安全，对人对己都不利，就不会去冒这个险了。

我们可不能再搞“外国人讲安全，中国人讲拼命；外国人人命第一，中国人人命不在考虑的范围之内”这样的事了。超负荷的问题已经引起党和政府高度重视，采取切实措施解决这个问题。超负荷和中国人的吃苦耐劳是两个概念，不能混为一谈。

# 表面文章所为何事

## ——学习何其芳《重庆的市容》一文札记

何其芳笔下《重庆的市容》生动具体地描写了中国有一些人擅长做表面文章：懒洋洋地翻修几条马路，以应付某要人“重庆的街道太坏”的训斥。为了迎接“美国主子”访渝，郊外通道边的茅草屋也要拆毁，尚有幸存者，则要在前面加一篾笆，敷之以白石灰，改成洋房状；把衣衫褴褛、肮脏、残废的叫化子统统捉将起来，由宪兵押解到长江以南以避开“美国主子”的眼目；穷人家孩子穿得破烂，有碍观瞻，被当作流浪儿捉去，害得家长四处寻找，凡此等等。

既然是做表面文章，其效果就可想而知了。正如作者所言，就这样煞费苦心，大费手脚，依然无济于事。市容之混乱，如“入地狱鬼市”一般。作者最后用讽刺的笔调说道：最好建一个全是阔老，绝无穷人，衣食住行全是现代化水准的首都，理想市容可谓完成。

这种只作表面文章，不求实际解决问题的虚夸作风可以说是根深蒂固，一代传一代。“大跃进”时期把几个村庄生产的粮食堆在一个村庄的场地上，说是这个村庄生产的，亩产一万斤，只为了哄骗

上级领导。近期报载中原某省一农村，领导人为了响应“建设社会主义新农村”号召，决定在乡镇交通要道两旁，给村民建造三层小洋楼，以示政绩。无奈经费不足，只好在道路两边，各垒起一道三层楼房的墙，有门有窗，粉刷一新，煞是好看，可是墙后面呢，什么也没有，村民们只好望墙兴叹。这些问题都相当突出。

整顿市容是件好事，但是我们应该把好事做好，从方便群众生活出发，统一规划，统筹安排，发动群众参与，多听取群众意见。谁不愿意居住在市容整洁、环境优美的城市里呢？市、区领导真把一个市的环境搞好了，老百姓的心里真是一百个高兴呀！

# 窗就是眼睛

## ——学习钱钟书《窗》一文札记

一间屋子，总得有门有窗呀！门让你走进去，走出来；窗让你看见外面的一切，看见春天的阳光，夏天的繁华，秋天的萧瑟，冬天的枯萎，看不到这一切便会觉得索然无味。所以一个屋子，没有门不行，没有窗也不行。

古代一些文人，对门窗都有一些描述。有的说："门虽设而常关"，意思是说虽然有了门，但常常关着，我不大出去，别人也不常进来，大概是一些文人隐士们愿意与世隔绝的一种表态吧！但是他们虽然不大进出门，却对窗户情有独钟，譬如说："倚南窗以寄傲，审容膝之易安"，门不开不要紧，我可以倚着窗户来观赏外部的一切，寄托我的思想，那么即使在一个小屋子里过得也很安逸呀！

但是，应该说，门和窗各有各的用处，门不能代替窗，窗也不能代替门。纵然开门关门有许多麻烦，但这个麻烦总不能少。从窗户爬进去吗？虽然未尝不可，总是不雅吧！除了小偷逾窗而入，偷财偷物以外，有谁愿意逾窗而入呢！所以不能说哪个好，哪个不好，绝对看

问题，其结果就只有自讨苦吃了。

从门的作用来说，虽然有了门，我可以不出去，不进来，但你总不能让别人也不进来不出去呀！走出大门去看到的东西要比从窗户里看到的东西多得多，精确得多，宽阔得多，所以闭门不出，只是使自己束缚了自己，自己孤独了自己。从窗的作用来说，开了窗，春天的阳光进来了，你不出门就可以沐浴在春天的和煦中，使你的心灵舒畅，但是从窗射进来的阳光终究是有限的，你受到阳光雨露的滋润也是有限的。所以窗和门都是需要的，缺一不可。

钱钟书《窗》这篇文章要说的重点其实是在眼睛，指出人的眼睛是灵魂的窗户，实际就是说眼睛就是窗户。人的眼睛长了是干什么用的？是看东西的，什么样的眼睛就能看到什么样的东西。我们这个世界是一个万花筒，五颜六色，五花八门，我们的眼睛也是目不暇接，环顾不及的，需要去辨别。哪些是真，哪些是假；哪些是美，哪些是丑；哪些是善，哪些是恶。如果把真的作假，假的作真；美的作丑，丑的作美；善的当恶，恶的当善；是非不分，就很危险了。所以眼睛是最灵敏的窗户。眼睛同时也是人最灵敏的一种标志，你心里想的怎么样，你的眼神就会怎么样，被别人洞察无遗，你整个人也被晾晒在光天化日之下了。一个人，你要善于观察整个世界，正像整个世界也在观察你一样。

要是你看到世界上许多丑恶的东西，虚假的东西，玷污了你的眼睛，你可以闭起眼来不看。正如钱文中所指出的，天地间有些景象是要闭了眼才看得见的，譬如梦。外面的人声太嘈杂了，你就关了窗，闭了眼，什么也不看，做你的好梦去吧！也许梦能够给你美丽。这其实是很正常的，因为毕竟春天总还会留着残冷，窗子总不能整夜不关呀！

# 失之毫厘，差以千里

## ——学习陶行知《笼统哥之统一》一文札记

“笼统”大概就是“概括”的意思吧！笼而统之，就是概而括之，概而言之，必然是模糊不清一盘浆糊，否则为什么不把它说清楚呢?

陶行知在《笼统哥之统一》一文中对笼统作了形象生动的概述：

一个人问他祖父多大岁数了，他说“老了”。问他有几个孩子，他说“好几个”。问他一顿吃几碗饭，他说“不少”。问他一个月挣多少工资，他说“不多”。问他日本有多大，他说“小得很”。问他中国有多少人，他说“很多”。这几个一问一答，等于没有问，没有答，白费劲。

被问者究竟为什么会这样对付人家呢，不外乎有几种原因：一是自己也不知道，回答不出来；二是回答者根本不想告诉你，所以跟你兜圈子；三是故弄玄虚，让你自己猜。其实都是很无聊的，白浪费时间而已。

人生在世，要做一个明白人，不做一个不明白人。你不明白，

就说不明白，不要不明白装明白，不要跟人捉迷藏，自己不明白也让别人不明白，这是自欺欺人。

陶行知的文章最后讽刺一个混沌国由笼统哥和他的徒子徒孙们包办而统一了，实际并没有真正的统一，一些军阀仍然挟地自重，与中央面和心不和，当局政治腐败，经济混乱，外敌入侵，士气不振，民不聊生，当局无法向群众交代，就只好笼而统之说一些不明不白的话来蒙蔽不明真相的人群，其用心也很良苦啊！

但是，欲盖弥彰，画饼不能充饥，丑媳妇总要见公婆，笼统经不起细问，一旦真相大白，西洋景被拆穿，就大煞风景。

其实，笼统的人自己不一定不明白，他是揣着明白装糊涂，怀着清楚说笼统。但是人民终究不是三岁的小孩子，你一次笼统可以，二次笼统可以，不能三次、五次、八次、十次都笼统呀！笼统不能持久，总有一天会真相大白，到时候就更不好看了。古人说：知之为知之，不知为不知，是知也。该怎样就怎样，该是什么就说什么，不要装腔作势，用笼统来卖乖了。

要做到不笼统，关键是自己要有主见。自己没有主见，不笼统也不行，只能人云亦云，不知所云了。不要认为这种旧习惯已经过去，有时还是充当好汉的一个护身符呢！不怕你不说意见，就怕你没有意见，那你就永远是为人所左右，成为一个牵线木头人了。

# 人权不是一顶高帽子

## ——学习陶行知《中国的人命》一文札记

陶行知在《中国的人命》一文中指出：20 世纪一二十年代曾任英国首相的劳合·乔治在一次会议上说："中国没有废掉的东西，如果有，只是人的生命。"他的话说得令人毛骨悚然，汗毛都要竖起来，中国人的生命就这么不值钱呀！

不要怪外国人的话这么刺耳，来看看事实究竟怎么样。唉，真是不好意思说呀！连年的天灾人祸不知死了多少人，几万，几十万，几百万，几千万！陶行知文章中所列举的几条，哪一条不是事实？不要等外国人入侵把你杀掉，中国军阀之间自相残杀，人也不少死呀！是不是因为中国人多，死掉一些不算什么？

中国人一向勤劳朴素，以舍不得丢弃为第一要义。放了两三天的饭菜，都有些馊了，还舍不得丢，还要吃；袜子破了，衣服破了，舍不得扔，补一下还能穿；一听说有廉价货品，一大早就去排队，贪图便宜个块儿八毛的；垃圾桶里的东西总有人去拣，像宝贝一样的拿回家，或者送到废品收购站去换几个钱……一个这样爱惜财物

的国家，何以对人的生命却如此不爱惜，真令人费解。

但那终究是中国内部的事情，可以由中国人自行解决，外国人无权说三道四，更不允许外国人对我们进行污蔑。

现在全世界“人性”“人权”喊得震天价响，好像很看重人的生命。谁能够反对呢？谁都不能反对！但是仔细一看，实情并非完全如此。一些人是言语上的高手，行动上的低能，说的是一套，做的又是一套。谁有权，谁就是人性，就有人权。谁没有权，就谈不上什么人性、人权。种族歧视，强凌弱，众暴寡，到处都是，这都是那些高喊人权、人性的国家做的事。

人权不是给人戴高帽子，也不是为自己戴高帽子，为自己套上卫冕人权、人性的皇冠。只要一个国家还在别的国家有驻军，一些国家到处伸手，干涉别国的内政，这些国家就谈不上在维护什么人权。只有真正重视人的生命，把人的生命看得高于权位，高于财富，高于淫威，高于刀枪的时候，人的生命才能得到保障。一些高唱人权、人性的英雄好汉们不要讳疾忌医，要大胆地反省一下自己，说话算数，以平等对待所有的国家和民族，才能赢得人心！不要总认为老子天下第一，不能改变，说不定一下子就改变了呢！

# 实践出真知

## ——学习陶行知《莫轻看徒弟》一文札记

陶行知在《莫轻看徒弟》一文中，指出蒸汽机发明家瓦特、发电机发明家法拉第都曾经当过学徒，其后却成为产业革命和电化文明的先驱者。实践出真知，实践出人才呀！

历来的教育制度强调培养学生书本上学习，而忽视实践，"万般皆下品，唯有读书高"，实践证明这条道路很窄，即使培养出一些人才来，也是只会动口，不会动手，创造不出新鲜事物来。学生不劳动，徒工不学习，两方面脱节，这和劳心者治人、劳力者治于人的陈旧理念有关。

外国人不是这样，他们是很注重实践的，不仅瓦特、法拉第是这样，还有好多发明家也是这样，先是学徒，后来卓有成就。陶文指出：学生要做几年徒弟，徒弟要做几年学生，恐怕正是由此提出来的。新中国成立以后，党中央提出了知识分子上山下乡，向工人、农民学习的号召。大批知识分子和职工干部下农村、下工厂，与工人、农民打成一片，不仅学到了操作技术，也学习到了工人、农民

坚忍朴素、勤劳踏实的美德，应该说是取得成效的。如果对此一概否定，未免有点片面。

旧社会习惯看不起学徒，认为这些孩子没有出息，因为他们小时候不好好学习，所以才到工厂去当学徒的，一辈子只能当一个工人。其实情况并不完全如此。有些孩子不是不想读书学习，读不起呀！家里穷，要早早的出来做工，贴补家用。其中有不少孩子天性聪颖，肯钻研，在劳动中作出了许多成绩，像倪志福、李瑞环等人就都是这样。他们也许小时候没有受到充分教育的机会，但这不是他们自身的责任，这个责任应该由社会负，由教育主管部门负。关起门来死读书，一点不和实际结合，即使是满腹经纶，他的成就终究有限。一位农学博士如果一天也没有到农村去过，光是一个博士头衔能行吗？所以陶氏此文就用了一个《莫轻看徒弟》的题目，盖对此深有感触吧！

但是现在的学生，对上山下乡到工厂去仍旧视为畏途。为什么呢？因为山上、农村、工厂条件艰苦呀；要亲自动手，累呀！不经过实践，你怎么能有所作为呢？你这不是自己作贱自己吗？早些时候，有些大学生毕业后找工作，非京（北京）沪（上海）深（深圳）不去。到单位报到，不是先问做什么工作，而是先问工资多少，把自己当成一件商品，待价而沽。后来京沪深的人才满员，不需要那么多大学生了，那些大学生退而求其次，至少应该是在省城，一般中小城市是不去的。再后来一般中小城市也不需要那么多大学生了，就得分配到县级甚至区乡镇基层单位，就更犯冲了。一些农村学生的家长把孩子送进城市的大学，原来是想让他们摆脱贫困，到城市去赚大钱的，怎么你在外面混了几年又回来了，觉得很不光彩，以致有的农村家长又不想再让孩子去上大学了，就在家里种田做工

吧！这完全是一种陈旧的思想，这种观念不改变，我国培养人才的路子就不能拓宽，对学生、对社会都是不利的，所以有关部门在做好学生思想工作的同时还得做好家长的思想工作，学生回来是为家乡造福，有什么不好呢？应该认识到工厂、农村是广阔的天地，可以大有作为。说实在的，你大学毕业后到老家去当一个村长或党支部书记，比你在大城市机关里当一名普通的员工要有意义得多，你学到的本领是在大城市中无法获得的。

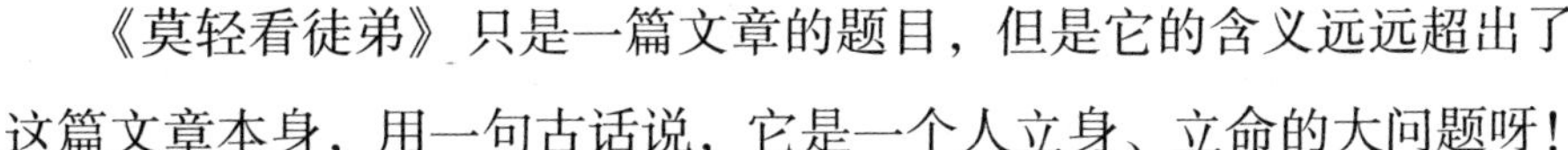

《莫轻看徒弟》只是一篇文章的题目，但是它的含义远远超出了这篇文章本身，用一句古话说，它是一个人立身、立命的大问题呀！

# 新文学的使命任重道远

## ——学习成仿吾《新文学之使命》一文札记

人们通常称教师为人类灵魂的工程师，作家、文学家也是人类灵魂的工程师。作家、文学家通过他们的作品，极大地影响着人们的灵魂，所以作家、文学家应该以正确的灵魂、健康的灵魂给予读者，而不能以腐朽的、落后的灵魂赋予读者，这是一个作家、文学家所应该具备的秉性。成仿吾在他写的《新文学之使命》一文中指出：文学活动是作者一种内心的活动。文学的主要标志是创作。没有创作就无所谓文学，文学必须要有创作。作者的内心是怎么样的，他的作品也会是怎么样的，他所能给予读者的也会是怎么样的。这是十分中肯的见解。

成仿吾在文中提出新文学应该具备三种使命。

一是时代的使命。作家处在一个什么样的时代，他的作品就必然反映出这样的时代。作者的作品不可能离开时代。他写以前时代的东西，往往是隔靴搔痒；他写以后时代的东西，就可能是空中楼阁。而只有写当前的，才能是摸得着、看得到的东西，才是最真

切的。

反映一个时代的东西，首先要明白当前是一个什么样的时代。新中国成立以前的时代，正如成仿吾指出的，是一个弱肉强食，有强权、无公理的时代，一个良心枯萎、廉耻丧尽的时代，一个竞于物利、冷酷残忍的时代。在那个时代，有的只有压迫和痛苦，作家们写的也就只有反压迫、求生存的呼唤和呐喊。而在新社会，则是一个积极向上、奋发图强、坚持正义、反对腐败、物竞天择、适者生存的时代，作家们就应该反映这个时代的特征，向人们提供阳光和雨露，滋润人们的心肺，鼓励人们继续前进。

作家在这里必须有一个主体意识，就是看这个时代的主体是怎么样的，而不是看它的某个片面。在一个新社会里，除了它积极向上的一面以外，也可能有许多缺点和错误，损害了人们的利益，但是必须认识到这个社会在主体方面是好的、健康的、向上的，有一些是前进中的缺点和错误，而且正在改变和纠正中。任何社会都不可能没有缺点和错误，缺点和错误是难免的，改了就好。如果你看不到这种积极奋发向上的主流，而仅仅抓住其中的一些晦暗和浊流，加以散发，甚至夸张放大，就会使读者对这个社会产生怀疑，失去对这个社会的信心，这也是一位有良心的作家不应该做的。

为什么现在的读者总感觉到反映社会晦暗的东西多，而反映阳光的一面少？有人说：现实社会如此。不，现实社会不是这样的，至少不完全是这样的，只是作家眼中看到的是什么而已。不是说作家不能写社会的晦暗面，而是他更应该写社会的阳光面。作家的作品究竟是给人们以激励、光明好处多呢，还是给人们以恐惧、晦暗好处多呢？这是不言自明的。在作家们的笔下，说起晦暗来振振有词，而对光明的描写则王顾左右而言他，这会把读者引到哪里去？

作家要消灭任何顾虑，负起时代的责任感，写出有利于这个伟大时代的作品来。

二是国语的使命，实际就是说你写作的文学水平和表达能力。过去有些反对搞新文学运动的人，说现在搞新文学与过去的旧文学有什么不同呢？无非就是把“之、乎、者、也”改变成“的、了、呀、吗”。还有一些文章，就像过去毛泽东所描写过的那样文字晦涩难懂，语句不通，一、二、三、四，开中药铺，生造的词和错字连篇，令人不忍卒读。现在我们见到报纸上，特别是网上乱造的生词还真不少，把肉麻当有趣。在一份《网络低俗语言调查报告》中称：报纸针对“屌丝”一词刊发社会评论：《我就一屌丝》；有些情感类文章如《人到中年好蛋疼》等，都显示出了过分的猎奇、求异、低俗，令人大跌眼镜。某报将一个版面命名为“高逼格”，甚至把一个版面命名为“逗比”。不知道是什么意思，何人能够理解？2015 年，教育部将“屌丝”“逼格”等认定是网络低俗语言，强制整改词语。

三是文学本身的使命。成仿吾强调了一个“全”字，一个“美”字。“全”就是健全，“美”就是美丽。作者需要有健全的体格，健全的思维，健全的手笔，才能写出健全的作品，写出当代伟大的事业，伟大的人物，伟大的成绩，使自己也变得伟大起来。而不是写那些哗众取宠，标新立异的东西。作家需要有一支美丽的笔，美丽的心灵，美丽的人生观，才能写出美丽动人的文章，言之有物，言之有理，使人信服。而不是像一架复印机或摄像机那样仅仅重复某一件事情，简单的游山玩水，官样文章。这需要有自己美好的心灵，美好的愿望，美好的梦想才能做到。

成仿吾说：文学不是游戏，不是一件容易的事情，古人用一生的心血换来美好的作品。现代文人何尝不是如此？文学是一项十分艰巨的工作，作家们需要有充分的修养，十分的努力，才能完成新文学的使命，绝不是轻而易举的。现在作家的使命不是已经完成了，而是还有不少差距。文学作品不是立等可取，它是一种进行式，目前正在进行，看人们的努力达到什么程度，文学革命的成就才能达到什么程度。只是如此，岂有他哉！

# 昧着良心不让说话

## ——学习陈荒煤《我们失去了什么》一文札记

《我们失去了什么》是一篇即景记事的散文，是陈荒煤观看一次演出时的真实记录。只因为剧中有一句话“东北是我们的”而被禁演，令人痛愤而焦心。

中国人在中国的土地上说“东北是我们的”，这是理所当然的，然而在一个半殖民地的国家，你就没有这个发言权。那是在1936年。

现在的人们不会想到曾经发生过那样的事情，然而这却是千真万确的。不只是这一句话、一件事，类似的事件还少吗？“中国人与狗不准入内”，不也是在那个时候挂在中国公园的门口的吗？

什么叫理所当然？强权就是理所当然。人家有强权，就理所当然，你没有强权，你就理所不当然，就得听人摆布，我们失去的不仅是土地，还有自由。用一句古代的话来说：“是可忍，孰不可忍？”

现在我们国家强大了，有权了，我们可以理直气壮、理所当然地说“东北是我们的”了。我们有了自由的发言权。然而这是千百万仁人志士用鲜血和生命换来的呀！每当想到这些，禁不住使人激动和亢奋。

我国现在虽然强大了，但并不实行强权政治。中国领导人早就宣布：中国强大了也不称霸，己所不欲，勿施于人么！现在我们倡导“一带一路”，共赢互利，得到许多国家的欢迎，就是这个道理。以理服人，不是以力压人，实行王道，不实行霸道，这是中国历来的传统理念，现在也还是如此。

# 现实·回忆·思念
## ——学习钟敬文《岁暮述怀》一文札记

钟敬文《岁暮述怀》一文写的是平常人平常事，很有普遍性。不要只去探求那些伟大人物所经历的波澜壮阔的事情，那只是极少数，不一定有多大的代表性，而那些平常人平常事倒是绝大多数人所经历过的，更有代表性，更受到人们的关注，更有意义。

每一个平常人在岁暮的时候，会想到些什么呢？还真是和钟敬文文章中所说的差不多。首先是这一年在哪里过的呀？这要看在什么时代，什么环境。在承平时代，生活比较安定，一般居处不会有太大的变动。然而在战争年代就不同，为了逃难，今年住这儿，明年住那儿，今天住这儿，明天住那儿，居无定所，心情会好吗？我国抗战的那些年，一些流浪者过的就是这种日子。现在生活安定了，岁末放几天长假，多时不见的亲人从四面八方赶来，合家团聚，快何如之。经济条件较好的，冬天从北方到遥远的南方——海南岛、云南等地去渡假，舒畅心情。这个时候，人们会想到：安定是多么重要！有谁会去甘愿过颠沛流离的生活呀！

其次是回忆。老年人爱回忆，年轻人也爱回忆，回忆几乎占了人生的很大一部分。这一年过得怎么样呀？有什么大事发生呀？我付出了哪些，有什么收获？我浪费时间了吗？我的生活过得充实还是空虚？来年我有什么打算？瞻前顾后，这是每个人都会有的，尤其是在岁暮。

最后是思念老朋友。啊！老朋友们生活得怎么样呀？身体好吗？谁很健康，谁有病了，谁亡故了？一些老同志看了本单位岁末出版的刊物上登载本年度辞世人员的名单，心里不禁一阵阵发紧。虽然也知道生老病死是客观规律，每个人都避免不了，不必太看重了，但内心总会有点忐忑不安。一些人现在老了，去世了，但是他们年轻时、活着时也做了许多工作，对国家社会作出了贡献，虽然他不一定做出多少轰轰烈烈伟大的事业，但是他参与了，尽力了，受到人们的热爱和尊重，无愧于自己短暂的一生。每一个老人都年轻过，每一个年轻人都要老的，这样想，心情自然就平复了。

现实、回忆、思念，是一个人与生俱来的经历，谁也摆脱不了。让钟敬文描写的那种“岁暮述怀”的情景，不要再来了，让那种欢快写实的“岁暮述怀”的情景常驻人间，这恐怕是大家共同的愿望吧！但这是要人们去努力争取的，不是天赐的。

# 隔着窗户看不真

## ——学习林徽因《窗子以外》一文札记

林徽因写了《窗子以外》一文，她隔着窗看到了窗户以外的形形色色。

无论你坐在家里或外出坐在车上看窗子以外的东西，都仅仅是一瞬间，好像看见了又好像没有看见，好像看清楚了又好像没有看清楚。但不管怎样，你总算看到了一些东西，比你关了窗户，闭门不出，什么也看不见，要进了一步。

你看到了窗外的一些什么呢？有几个乡下人坐在那里闲谈的背影；有到院子里来送煤、送米的工人；有洋车夫和雇车人的讨价还价；有厨师向卖菜人多要一些白菜的情景；有粪车经过的一阵臭味；还有那些人们采办生活必需品时的斤斤计较，寸两不让；还有一些省吃俭用积累下来的钱买了一些奢侈品的喜悦和随之而来的懊丧。这些都是平民老百姓日常的生活百态，从窗户看出去能够略知一二，20 世纪二三十年代中国的状况就是这样。

看窗户外的一些东西，总是有限的，有许多是窗户上看不到的

东西，而它却是客观存在的。那些冠冕堂皇、振振有词地号召人们要清正廉洁的官吏们你知道他们每天在做些什么事？他们利用职权，偷窃民脂民膏的事是窗户上看不到的。没有党中央雷厉风行，穷追猛打，这些大大小小的贪官污吏怎么能暴露出来？一个管理国家煤能源的高官竟从他家里搜出 2 亿多元的现金，连点钞机都点坏了好几台，你怎么能想象得到呢？如果不是一个矿藏发生坍塌事故，你无法想象许许多多的小煤矿生产条件是如何之差。要不是一个地方的渣土堆塌倒，你怎么会知道那许许多多外来务工的人住在什么地方？

林徽因写的“窗子以外”看到的事情，并不是真的看到那些事情，只是一种假相，一种依托。每个人从窗子以外看到的事情怎么会都是这些，都一样呢？不会的，只是一种文学描绘而已，是给人以一种启发的。

从窗口看外边的事物是看不真的，看到了问题也无法解决，但你还是不能熟视无睹。林徽因那个时代，对所看到的情况无能为力，只好说：“算了，算了”，别的管不了，只能洁身自好。现在不同了，新中国每一个公民都关心国家的前途和命运，对看到的或者没有看到的窗子外的事都要关心，不能置之度外，而是要上下同心，去做好、管好窗子以外的事，尽到我们做主人的责任。

# 一钱逼死英雄汉

## ——学习谢冰莹《饥饿》一文札记

谢冰莹在上海艺大读书时，生活十分困窘，她一方面要救助因参加救亡活动而被捕的同学，一方面又要去筹划自己的生活费，四处奔波，却食不裹腹，有时一天只啃几个烧饼，甚至连续四天没有吃饭。她在《饥饿》一文中描写四天不吃饭的心理和身体感受，凄凉悲绝，没有亲身经历者是体会不出其中的酸苦的，真是一钱逼死英雄汉，饱汉怎知饿汉的饥？

正好那时候她写的《从军日记》一书出版了，她去书店看到柜台上放满了自己写的这本书，买的人很多，她在无奈之下向书店索要一点版税费，几经交涉，书店从售书所得的钱中给了她五块钱。谢冰莹拿到了五块钱，兴高采烈，随即乘电车神气活现地走进头等仓。回家后把两块钱分给了两个同伴，并一起出去吃了一顿饱饭，所剩就无几了。正像她在文中所说的："虽然这样穷困，但我这副硬骨头始终不屈服，不向有钱人低头，更不像别人认为女人的出路是找个有钱的丈夫。"文如其人，看了谢冰莹的这段描述，可以想见其为人，真有侠骨豪情、敢作敢为、视钱如粪土、仗义独行的大男子气概。

联想到作者写书，过去出版社是要付给版税或稿费的，解放后开始时也是这样。可现在不一样了。现在大部分是自费出书。因为出版社已经实行企业化，自负盈亏。出版社首先考虑到的是出版这本书是不是能赢利，如果出版了卖不出去，压在仓库里，出版社就要亏本，就不得不拒绝出版（只是极少数名人的书稿例外）。出版社不做亏本的生意呀！几十年来，出版社的经营方针由开始时的社会效益为主，经济效益为辅，慢慢转为社会效益、经济效益并重，再而至于经济效益为主、社会效益为辅，甚至更加单纯地只看经济效益，遑论其他了。出版社真正成为名副其实的商业单位，“书”真的成为名副其实的商品，谈不到什么真正的价值。看来以后写书人都应该是有钱人才好，没有钱，你的书写得再好也没有人理你，你就在家里放着吧！一个草根作者写一本书不难，出一本书却不容易呀！

不知道这是不是新时代出版界的一种潮流，还是只是一种暂时现象，如果是一种潮流，是长久的趋势，则这种潮流太可怕了。它使一些比较有价值的书出不来，一些浮泛、空洞、取悦人们眼球的书畅通无阻，这将把人类文化和文明引到哪里去，使人不寒而栗呀！

# 成家的和没有成家的不一样啦

## ——学习老舍《婆婆话》一文札记

两个老朋友七八年没有见面了，这些年大家一定会有很多变化吧？但是两人见面一谈，原来并非如此。一个已经三十五六岁，还没有结婚，光棍一条；而另一个呢，结婚时也已三十四岁，到了不结不行的时候。老舍《婆婆话》一文以体贴入微、合情合理的思维逻辑和略带幽默的口吻，分别从人生的需要、经济生活的权衡、抚养子女的需求，以及如何看待新时代下“贤妻良母”的标志等几个方面，娓娓道来，写出了自己的丰富经验和认识体会。作者以深刻的人生理念、友善的助人态度、高超的写作技术和语言技巧，博取了群众的青睐。

结婚前和结婚后不一样啦，成了家和没成家时不一样啦，有了孩子和没有孩子时不一样啦，凡此等等，必须要有思想上和物质上的准备。没有这个准备，家庭生活中遇到了困难就难以抵挡；有了这个准备，则虽贫犹乐，俗话说，不会算计一世穷，日子总得算计着过呀！这就是人生的价值。文章以《婆婆话》为题，通而不俗，以充满平民的智慧，给那些正在谈恋爱就要结婚的人们和蔼可亲的指导，所以这篇文章至今犹温暖人心。

# 伤兵的悲壮与凄美

## ——学习方令孺《古城的呻吟》一文札记

方令孺写了《古城的呻吟》一文，把描绘战争年代的视角聚焦于作为新闻事件出现的伤兵上，折射出时代的悲壮与凄美。文章记述了作者和一些女学生去一些公共处所慰问从前方退下来的伤兵的情景，深切而平实细致地描绘了人间至亲之情，体现出那些伤兵们央求她们向家里写信时的尊严与崇高豪迈之胸怀。尤其是“从农村里来的，似乎受过很好教育”的那一位，要让笔者代他“写信给他父亲”，自己口念：“身负重伤，但极其光荣”；又提到“我的姑娘”，就是他的妻子，“也是中学的毕业生”，自豪之情，跃诸口上。这些伤兵们历经生死考验之后所吐露的真言，“寄望于后辈亲人能够深受教育，将来还有希望的”，令人敬佩叹惜不止。那几千残废的身躯，却个个都有活跃英勇的灵魂，“像最新鲜的雨水”，“冲净这一塘陈积的浮萍”。那诗一般的语言，如泣如诉，感人肺腑。

那些在大后方的达官贵人，想发国难财的人们，他们依然高枕无忧，吃喝玩乐，过着舒适的生活，他们想到过前线的战士在那里

浴血奋战，英勇杀敌，为了阻挡敌人坦克过来，而抱着已经死亡的同伴们的身躯与敌人同归于尽的悲壮场面吗？同样是人类，同样是爹娘生的，为什么这样的不公平！也许正因为此，这些高高在上、醉生梦死的人终于失败了，而那些舍生忘死、为国效力的英灵终究受到了人们的怀念和尊敬。

# 亭子间里的困扰

## ——学习徐懋庸《秋风偶感》一文札记

徐懋庸《秋风偶感》一文写到20世纪30年代在上海的亭子间里接待三位乡亲的事，实在是太难为他了。亭子间，众所周知，十来平方米，厕所也没有，厨房也没有，加以男女杂居，怎么住呀？但在那兵荒马乱之际，城市里的人想去农村，农村的人想去城市，像无头苍蝇一样在那里嗡嗡叫，谁顾得上谁呢？

徐懋庸一个人踯躅街头，思想解决之道。首先要解决吃饭问题，终至于愁容满面，想不出好办法来；其次是想到住宿问题，他甚至想到了外国人住垃圾桶，那怎么行，垃圾桶是放垃圾的，再加上天气又较冷了，怎么能住到那里去呢？再说喝水……一样的没有办法，作者甚至想到回到那种茹毛饮血、刀耕火种的时代去，那不是很简单吗？但那不可能，你想得远了。

于是他想到了社会上的人，为什么有富有穷呢？为什么一部分人收入锐减，而另一部分人收入却激增？究竟是穷人养活富人，还是富人养活穷人？一些人花十几万元举办婚礼，戴上几万元一个的

钻戒，而另一些人贫无立锥之地，把商店里的食品模型当作真的抓起来就吃。这是为什么？徐懋庸对这个问题百思不得其解。

徐懋庸最后理解到：看来现代社会的矛盾，不光是我们三个亲戚到我家来缺吃少穿的问题，这是全社会的问题，是“人类的错误”，“现世界多数的民众，都在水深火热之中，找不到工作，没有可食宿的，岂止我这三位乡亲？而无力帮助他人穷困的，又岂止我一个人?”于此而想到：“倘若社会关系永远不变革，人类意识永远不改造，那么我们这世界的悲剧，正不知还要演出多少惨怖的场面来!”

当时这么想的远不止徐懋庸一个人，正由于此，许多人冲破黑暗，探求光明，走上了革命的道路。“山，刺破青天锷未残。天欲堕，赖似挂其间”，只有依靠人民的力量，才能推翻压在人民头上的那座大山，这不是传说，而是已经成为事实。

一些人吃了肉还骂娘，吃了碗里的望着锅里的，欲壑难填呀!什么时候人们不是只想到多捞点好处，少一点付出，而是少一点私利，多一点付出，人们的心态就开朗了，人们彼此就和睦和谐了，社会就进步了。

# 从搭车看时代的变迁

## ——学习艾芜《搭车记》一文札记

读了艾芜的《搭车记》，使人感慨万分。艾芜写这篇文章的1945年，正是兵荒马乱之际，他带着妻子、孩子，一家六口从桂林上火车，准备回全州探亲。那时的火车什么样？上面没有顶篷，旁边没有板壁，这些车根本不是什么火车，而是一些装煤装钞票的货车。等车的人成千上万，车一来大家就一拥而上，一些人上去了，一些人上不去，这辆车挤不上，就等下一辆车，南站上不去，就转到北站去，这样来回折腾，终于在熟人的帮助下上了车。真是上一趟火车跟上战场打仗也差不多，大家都得拼命呀！看了这段文字，不禁使我想起这些年来我们国家的交通情况和人们出行的情况，真有了天渊地壤之别。

我们国家人口多，而车辆有限，出一次门，非常困难。近些年来，我国的交通事业有了长足的发展，什么高速铁路、高速公路、还有飞机、轮船，等等，人们外出方便多了。我国的高铁，不仅国内已相当普遍，还推行到外国去，这是过去所不能想象的。现在平

时外出一点问题也没有。就是一到春节长假，在大城市打工的人要回家去过年，火车就不够用了，即使增加了几十辆还是不够供应，买一张火车票要花不少功夫，“黄牛”乘机哄抬票价，买不到坐票只能买站票。只要外出打工的人多，这种状况就很难改变。

我国人口多，流动性大，为了解决交通运输问题，我们国家近些年来确也采取了很多措施，交通问题有了很大的改善。但是归根结底还是要改变城市人口过于密集的问题。中央提出要发展中小城市，大城市进行一些疏散分解工作，例如北京市政府和中央政府所在地处在一个地区，中心地区人口过于密集，对交通也不利，为此北京市政府及所属机构单位准备搬到通州区，这样就极大疏解了中心地区的压力，确实是一个明智之举。

顾大局，不看小局；举公利，不看私利，这是一个为政者的宽广胸怀，也是每一个公民的应有之义，舍此别无他途。

# 寂寞是人的忠实伴侣

## ——学习陆蠡《寂寞》一文札记

陆蠡写了《寂寞》一文，说寂寞是人类的一个特殊的伴侣，也是一个忠实的伴侣，挥之不去、终身不离的伴侣。

人是一种群体动物，总喜欢和家人或者几个朋友在一起畅叙衷情，谈天说地，或者下棋，做菜，开心地快活呀！但是一旦曲终人散，有些人再也见不到了，人去楼空，便会变得凄清，失望。

虽然人总是喜欢愉快欢乐，不喜欢凄清苍凉，但是谁又能够永远快乐，而从不悲伤凄凉呢？这是不可能的。当你一个人独处，而有些亲人、朋友再也不能见到时，你是多么的寂寞呀！开始时你会拒绝寂寞，排斥寂寞，似乎总还有一点希望的，但时间一长，你从希望变成无望，从无望变成绝望时，你却和寂寞结上了缘。正如作者在这篇文章中说的：寂寞看不见，摸不着，没有颜色，没有光波，没有热度，没有声浪，但它却在你失望、孤独的时候接近你，包围你，你从它的接近、包围中，回想起了过去的一切，你又快乐了，你忘记了孤独，已经过去好几年了，似乎还是昨天刚发生的事情。

这时你可能才会发现，你跟寂寞在一起你却不寂寞了。

不要拒绝寂寞。因为一则，你是拒绝不了的，天下没有不散的筵席，有聚合就有离散，合久必分，分久必合，这才是人生，才是社会。拒绝寂寞实际就是拒绝人生，这是不现实的。

二则，寂寞不见得不好，当你整天忙忙碌碌的时候，你是不寂寞了，但这种忙碌的时间并不能很长，你终究是要清静下来的。只有当你清静下来的时候，当你一个人的时候，你感到孤独寂寞的时候，你才能细细地去回忆过去，品味过去，而过去的事情却回味无穷。当时你可能感觉不到什么，而现在回忆却觉得很有趣，很有意思，回味无穷。你会发现那时你哪些做对了，哪些做错了，你会感到亲情、友谊、人生的价值。这时候你会觉得寂寞真好呀！是寂寞给了我重温旧梦的机会，没有寂寞我还做不到这样呢！不会感到寂寞的苦涩，而从寂寞中得到快乐，这也可能是寂寞给你的一种慰藉和解脱吧！

# 对寂寞的依恋

## ——学习鲁彦《寂寞》一文札记

鲁彦写了《寂寞》，表达了对寂寞的依恋。

世界上所有的人和事物，都可能有朝一日离开你，只有寂寞不会离开你，永远地陪伴着你。

无论是那矗立的松树和松软的黄土，斜坡的小径和沙砾，坟墓上的小草，那流水、木桥、浮萍，凡是你曾经接触过的，你熟悉的，你都不会忘记，想推也推不掉，它不会说话，但它的影子永远地陪伴着你。

人哪一个没有回忆呢？回忆陪伴着你，使你不寂寞，年纪愈大，回忆愈多，你就愈不寂寞。多少人，我们曾经在一起工作过；多少事，我们曾经在一起经历过；多少问题，我们曾经在一起讨论过。你曾经对我有过多少的帮助，我们曾经一起欢乐过，一起难过过，一起畅游过，一起盼望过，一起相爱过，一起憎恨过，让我们记住欢乐，记住痛苦。这一切的一切，怎么能够相忘呢？

“人有悲欢离合，月有阴晴圆缺，此事古难全。但愿人长久，千里共婵娟。”只要有月亮，我们就不会感到寂寞。不要惆怅，我们永远与寂寞共存，我们并不寂寞。

# 从煤油灯到电灯

## ——学习师陀《灯》一文札记

师陀写了《灯》，反映了两个不同的时代。

现在的人，特别是年轻一些的，谁会想到那时候黄昏时刻有一个人挑着担子，走街串巷，打着梆子，敲着木鱼，嘴里喊着“卖煤油呀”这种情景。

唉！毕竟时代不同了，科学发展了么，由点煤油灯进化到用电灯了么，现在谁家还用煤油灯呀？不论是城市或者农村，已经一律通电了。

然而，细算起来，师陀写这篇文章的时候是1942年，离现在也不过70多年，时间说短不短，说长也不算长！我们从现在来看那时是什么样的，怎能不用“天翻地覆”四个字来描述呢！

卖煤油只是那个时候的一种现象。交通呢？从这个省到那个省，从这个县到那个县，都是土路，哪有几条柏油路，更何谈高速公路？谈什么飞机、高速铁路？在城市的大街上，交通工具有几辆公共汽车、电车？还不是那些人力车在招摇过市吗？吃的呢？人们吃的，大多是高粱米、小米、碎米，还要排队去买呢，哪来现在的精米、细白面？住房呢？狭窄的里弄，几平方米的亭子间，住房、如厕、做饭、写字都在一个房间里，哪来的什么高楼大厦、会客室、抽水马桶？穿的呢？粗布大褂，哪来的什么西装革履？衣、食、住、行、吃、喝、拉、撒，五六十年来的变化可真是不小呀！如果我们真能了解一点我们的国家长时期国弱民穷，地方大而底子薄，我们就会觉得今天的这个变化真是来之不易。

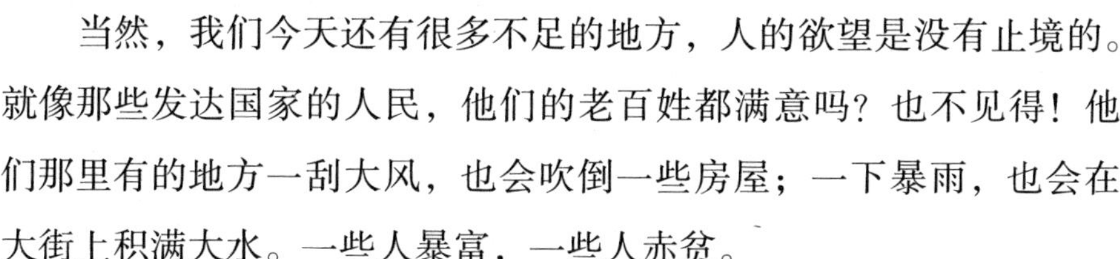

当然，我们今天还有很多不足的地方，人的欲望是没有止境的。就像那些发达国家的人民，他们的老百姓都满意吗？也不见得！他们那里有的地方一刮大风，也会吹倒一些房屋；一下暴雨，也会在大街上积满大水。一些人暴富，一些人赤贫。

有人会说你老是摆功，报平安。不是的，我不是摆功，吹牛，我只是实事求是，有一是一，有二是二，不能视而不见，听而不闻，几个人坐在一起就满腹牢骚，一无是处，这不公平呀！读了师陀《灯》这篇文章，老年人很自然地掀起了思古之幽情。

# 古渡头令人心碎

## ——学习叶紫《古渡头》一文札记

叶紫写的一篇名为《古渡头》的文章，实际并不是只写了古渡头的事，而是反映那个时代，描述了平民百姓的穷极潦倒，老人的惨痛遭遇和对人的宽容仁爱。

20世纪20年代至40年代究竟是一个什么时代呢？可以用这几个字来概括：军阀混战，外敌入侵，政治腐败，物价飞涨，民不聊生。这20个字的形容，一点也不夸张，非常的实事求是。

军阀混战。一忽儿吴佩孚，一忽儿张作霖，一忽儿齐燮元，一忽儿韩复榘，一忽儿段祺瑞，每个人独霸一方，这些人胸无点墨，成天的打打杀杀，称王称霸，厚颜无耻，社会上传出的许多笑话，可见一斑。譬如相声中说的某公点戏，要演“关公战秦琼”；某某军阀看篮球比赛，说：你们不要抢了，我买了一人送一个。这种讽刺性笑话，让人笑痛肚子，却是千真万确的呀！

外敌入侵。最明显不过的就是日本，从侵吞东北，到侵吞华北，到侵吞华东，到侵吞华中、华南，直至全中国，所至之处，奸烧掳掠，无恶不作。而有些大城市则被美、英、法、德等列强强租，实际就是由他们统治这块地方。人民过着亡国奴的生活，还能有好日子过吗？

政治腐败。当时的政府，秉承着“攘外必先安内”的政策，不是枪口对外，而是枪口对内，枪杀爱国人士。官员互相勾结，狼狈为奸，只图私利，心目中没有人民。

物价飞涨。什么金圆券、银圆券、法币，都是一堆废纸，上午能买一斗米的钱，下午连一盒火柴都买不到了。人们到马路上去疯狂抢换银元，不换就什么也买不到了。

其结局自然是民不聊生。四大家族统治全国，金融、股票、外汇全操在他们手里，为非作歹，投机倒把，人民东逃西躲，流离失所。

文中的渡夫看起来没有什么文化，但他却称赞这个渡客是一个有孝心的人。他悲愤地诉说他儿子被北佬兵拉夫，死活不明，媳妇怀着孕回到娘家，从此，这位媳妇和老人的孙子再也没有回来过。这个老人过着孤苦伶仃的生活，结冰、落雪、刮风、下雨，都在这个渡船上度过，成年灾荒，捐重，匪多，说着说着，他终于经不住悲哀起来，哭了起来。外面越是黑暗，风浪刮得越大。他说：“唉！索性再大一些吧！把船翻了，免得久延在这世界上受活磨。”这就是那位渡夫的呻吟和倾诉。但是他还是把这个客人安排好，送他到目的地，并且嘱咐他说：“小伙子，过了湖，你还要赶你的路程呀！”

正像这个老人无奈地说的：“我没有丧过天良，可是老天爷他不向我睁开眼睛。”这就是那个时代的缩影。其实在本书各位作家的作品中已经多次描写过这种情景。那是一个什么时代，不就可想而知！读了《古渡头》一文令人心碎。

# 孩子，现在就已经是主人了

## ——学习梁实秋《孩子》一文札记

通常说："孩子是未来的主人。"梁实秋不以为然，他认为孩子哪是未来的主人，现在就已经是主人了。这话确实有道理。不论富家穷家，贵家贱家，哪一家的父母不疼爱孩子呀，尤其是独子家庭，儿子是天之骄子，珍珠宝贝，孩子想的，说的，要的，谁敢不给？最好的东西都要呈献给孩子，孩子是家中的王，谁敢违背？所以本文作者说"孝子"一词的内涵应该改变，过去是儿子孝顺父母，现在应该是父母孝顺儿子了。孔子说的"无违"，本意是儿子不要违背父母的意志，现在应该倒过来，父母不能违背儿子的意志。时代不同了，一些文词的内涵也应该改变啦！

父母孝顺儿子的结果怎样呢？养成孩子们唯我独尊，不听教导，为所欲为，无人能管的局面。小时候养成的习惯等到长大了就发酵了。试问你这孩子在家里可以这样，长大了在社会上也能这样吗？不行了呀！如果在社会上，每一个人都像小时候在家里那样颐指气使，旁若无人，怎能跟人相处？其结果有的孩子慢慢得了抑郁症，

无所适从，有的孩子变成土匪流氓，专事打架，打群架，以至闹出人命来。过去听说有一个青年犯了罪，判处死刑，他说他要回家看看母亲。他一见到母亲就把母亲的乳头咬断了，恶狠狠地说："都是你害我的！"可怜天下父母心，父母这时的悔恨向谁去诉说？梁实秋在《孩子》这篇文章中说，这种溺爱孩子的风气，"自古已然，于今为烈"，他在20世纪30年代已经有了这种感觉，到了现在，这种评价依然存在。特别是在计划生育体制下，一家只有一个孩子，家长对孩子更视若掌上明珠，唯我独尊。天下孩子，只有我的孩子最聪明，孩子能走路了，父母就会想到这孩子将来能得长跑冠军；孩子认识几个字了，父母就说这孩子将来一定学贯中西；孩子在拨弄着玩具汽车，父亲就说这孩子将来能当科学家；能唱几句歌，跳几下舞了，就说这孩子将来能当歌唱家、舞蹈家，孩子天生的嗓音不好，偏要送她到艺术学校去学唱歌！嘴上不说，心里想着我的孩子是"天才""神童"，父母对自己倒并没有什么要求，却把希望全部寄托在孩子身上，在30年以前已经预做着"母以子贵""父以子贵"的黄粱美梦了。人间什么笑话都有，这种笑话可说是独树一帜。

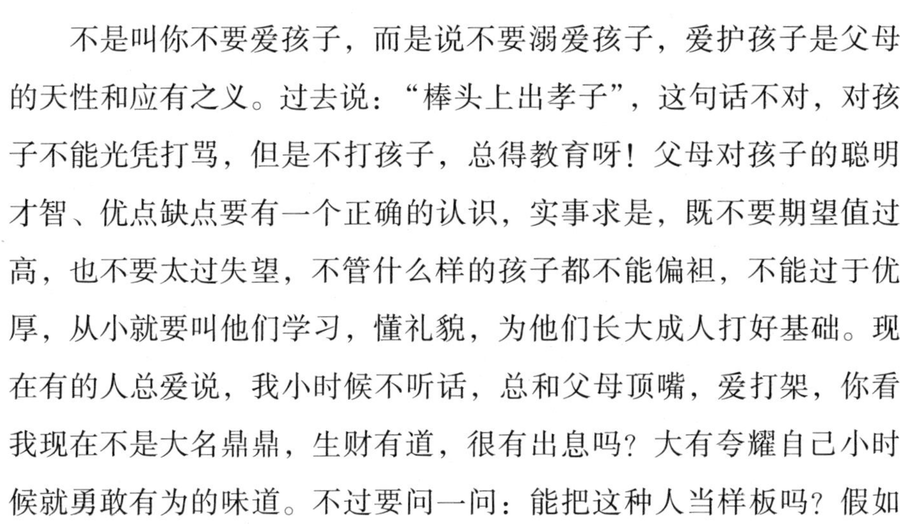

不是叫你不要爱孩子，而是说不要溺爱孩子，爱护孩子是父母的天性和应有之义。过去说："棒头上出孝子"，这句话不对，对孩子不能光凭打骂，但是不打孩子，总得教育呀！父母对孩子的聪明才智、优点缺点要有一个正确的认识，实事求是，既不要期望值过高，也不要太过失望，不管什么样的孩子都不能偏袒，不能过于优厚，从小就要叫他们学习，懂礼貌，为他们长大成人打好基础。现在有的人总爱说，我小时候不听话，总和父母顶嘴，爱打架，你看我现在不是大名鼎鼎，生财有道，很有出息吗？大有夸耀自己小时候就勇敢有为的味道。不过要问一问：能把这种人当样板吗？假如

每一个孩子都是这样，那还要学习、教育干什么？孩子们大家都到外面去打斗，都具有反叛精神，就能成大事呀？难怪外国人总说中国人不讲礼貌，一些基本的规矩都不懂，不管他是不是在侮辱我们，也值得我们反思一下么！

诚如梁实秋引用中国古人说的一句话，“少时了了，大未必佳”，又如作者引用哈代的一首小诗：“孩子初生，大家誉为珍珠宝贝，稍长都夸做玉树临风，长成则为非作歹，终至于陈尸绞架。”这话未免太煞风景，也未必都是如此，大部分孩子虽然小时未必懂事，但是长大了还能够奋发有为，为国家作出贡献来的，梁实秋这篇文章只是希望做父母的对孩子不要“溺爱”，就是这两个字而已。

# 后　记

本书是一本集体作品，几位退休老人和仍在工作岗位上的同志共同商量撰写的。由李福钟牵头，其他几位同志积极参与撰写。我们本来都不是专业从事文艺创作的，而且都是业余，只是由于共同的爱好走到一起来了。几个人对编写这本书的性质、宗旨、书名，选择作家和作品，写学习札记的方法等都做了认真的研究，取得基本一致意见后分别动手编写，并经过汇集协调，就是现在这个样子。由于我们的文学艺术水平和对历史的理解等都很欠缺，这部作品一定有许多不尽人意的地方，其中的问题主要由主持者负责。

在编写本书过程中，深感要写好一篇学习札记也并非轻而易举，它需要对原著作精心研读，了解原作的时代背景，作者的经历，写作的意图，写作的主旨和社会影响等，抓住它的主题、要害，进行认真的剖析，联系自己的思想和当前实际，学习借鉴，合理推想，写出自己的心得体会。札记既不能平铺直叙，也不能任意拔高；既不能超出原意，也不能另起炉灶；既不能过多重复原文的词句，也不能标新立异；既不能牵强附会，也不能刻板拘泥；每一篇学习札记

都不能雷同，而要独立成篇；实事求是，不搞空中楼阁，哗众取宠；应该是画龙点睛，而不是画蛇添足；启发引导，赋予新意，不是创作的创作。目的是与读者沟通交流，举一反三，加深对原作的理解，提高阅读效果，增强阅读兴趣。如果真能做到这一点，则这项工作未尝不是一件有意义的事情。

本书在编写过程中得到邹峻、郑维、苏宗玉、罗红等同志的大力支持，热情帮助，知识产权出版社慨允出版，一并表示深深的谢意。

作者

2017 年 7 月